MARIA

—白衣の純潔—

CROSS NOVELS

日向唯稀
NOVEL:Yuki Hyuga

水貴はすの
ILLUST:Hasuno Mizuki

CROSS NOVELS

CONTENTS

CROSS NOVELS

CONTENTS

MARIA —白衣の純潔—

CROSS NOVELS

プロローグ

命を持って生まれる限り、その生には、いつか終わりがくることはわかっていた。

『お願い、逝《い》かないで。お願いだから、このまま逝かないで。もう一度目を覚まして。目を覚まして』

生まれ持った命がどれほどの時を刻み、絶えるのかは、一人一人が持った運命。これだけは誰と分かち合うこともない、自分だけが持って生まれた唯一無二の時間の流れだということは、人は誰に教わるでもなく本能で知っているはずだった。

「――残念ですが、ご臨終です」

「流一《りゅういち》…っ。流一!!」

それでも時として、これではあまりに短い生涯だ、短すぎる人生だと、運命に悲憤《ひふん》を覚える者はいて。

「流一」

「流一っ!!」

それが肉体をもがれるような哀痛をもたらすほど近しい人間、愛した者ならばなおのことで。

『流一…さん』

たった今、この瞬間に、そんな最愛の者――朱雀《すざく》流一――を失った人間たちは、その死を前にただただ悲痛な思いに駆られるばかりだった。

『流一さんっ…』

中でも、どれほど力を尽くしても変えられなかった運命を前に、流一が息を引き取った東都《とうと》大学医学部付属病院の内科医・伊万里渉《いまりあゆむ》（27）は、〝白衣を纏《まと》う者〟として、悔恨の念にさえ駆られることとなった。

『なんで、なんで――――、流一さんが。まだ三十五だよ。まだ、三十五だよ』

それでも医師という仕事、医師という立場があることから、大切な者の死を目の当たりにしているにもかかわらず、伊万里は今にも崩れ落ちそうな華奢《きゃしゃ》な身体《からだ》を自ら支えていた。

可憐《かれん》ささえ残る純美な貌《かお》が歪《ゆが》みそうになるのをジッと堪《こら》え、奥歯を嚙《か》み締め感情を押し殺すしか術《すべ》もなかった。

「流一、――――…伊万里!!」

と、そんな一室に駆けつけてくると同時に、伊万里に声をかけ、肩をたたく者がいた。

「っ、黒河《くろかわ》先生…っ？」

その手は自然と伊万里の白衣にかかり、彼から静かにそれを剝《は》いでいく。

「いい。これは俺が預かってやる。だから、いいぞ――――、渉」

驚いた伊万里に微苦笑を見せたのは、伊万里の先輩医師であり、流一の同級で親友でもあった当院の外科医、黒河療治《りょうじ》。

「黒河せん…。はい…!!」

伊万里は、この場で自分を拘束し続けていた職務意識からいっとき解放されると、黒河の気遣いに一礼してから、流一のほうへと身を翻した。

「流一さんっ…。流一さん…っ」

「渉くん…」

「渉ちゃん」

そして流一の家族が空けてくれた場所に、流一の傍《そば》に膝《ひざ》を折ると、すでに限界を超えていた感情をやっと解放し、二度と目を覚ますことのない男に泣き縋《すが》った。

「っ――――、っっっっっ」

声さえ出ないほど身体を震わせ頬《ほお》を濡《ぬ》らすと、二度と自分の名を呼ぶこともない男の胸で、また自分に触れてくることもない男の胸で、絶泣をした。

1

　都心から離れた多摩川《たまがわ》沿い、世田谷《せたがや》の一角に、国内でも有数のスポーツ王国にして「私立の東《とう》大《だい》」とも呼ばれる学園、東都大学とその付属校は存在していた。

　広大な敷地を四区画に分けられたそれぞれには、初等部から大学部までがあり、中途入学は受け入れているものの、基本は十六年一貫教育、そこでは創立以来「文武両道」「自由思想」「個性大事」の三項目をモットーにした校風の中で、のびのびと生徒たちを育《はぐく》んでいた。

　これまでに多くの男子学生たちを日本の社会へ、世界の社会へと羽ばたかせていた。

『懐かしいな。何年ぶりだろう？　ここに来るのって。卒業してからも、大学ならけっこう行く機会があったけど。高等部から下となると、よほどの理由がなければ、寄ることもないもんな』

　そしてそんな東都で、高校から大学の医学部までを過ごした伊万里が、懐かしい母校を訪れたのは、校内に植えられた桜の花が咲き乱れる、三月も半ばのことだった。

『ましてや、東都名所の一つ、西の聖堂。よくも悪くも大切な思い出の場所だったから、今日のような理由では来たくなかったけど。来ればやっぱり思い出す。否応《いやおう》なしにも、思い出すな…』

　今日に限って、お悔やみのための生花で埋め尽くされた校内の回廊を歩くと、渉は一人、高等部の敷地隅にある聖堂へとたどり着いた。

『流一さん…』

　いつの時代からか、愛校心の強い卒業生からの要望で、冠婚葬祭場としても使用が許されるようになった西の聖堂は、ロマネスクからゴシック初期時代を象徴するような貴重な様式作例がふんだんに取り込まれて建てられた、フランスのシャルトル大聖堂を思わせる優美な造りをしていた。

『——駿《しゅん》ちゃん』

広さは、サッカーグラウンドにして約一面。天井までの高さは、約四階分に相当。普段は講堂としても使われているここが、故人・朱雀流一との別れの場となった。

「まだまだこれからだっていうのに、惜しい男を亡くしたもんだ」

「急性骨髄性白血病《きゅうせいこつずいせいはっけつびょう》——だったよな。今では必ずしも助からない病気、まるっきりの不治の病というわけでもないのにな」

すでにこの場からは、棺《ひつぎ》が運び出されていた。誰もが火葬場へ向かう、もしくはそれを見送る準備をしているにもかかわらず、聖堂にはまだ人が残っていたようで。伊万里があえてこのときを選び、出入り口に近づいてきたというのに、中からは男女交えた三人の弔問客が姿を現した。

「なんでも、そうとわかったときから骨髄移植のドナーを捜していたのに、見つからなかったらしいわよ。ほら、確か朱雀さんって、血液型が特殊だったでしょう。それが災いしたみたいで」

「RHマイナスAB…だったっけ。二千人に一人とかいう」

「それじゃあ、どんなに親兄弟がいたとしても、ドナーとしての適合は難しいよな。普通の兄弟であっても白血球の型が一致する確率は、四人に一人だっていうのに…。家族の中で自分だけがマイナスとかだったら、話にもならない。他人から捜し求めるにしたって、限られたドナー登録者の中からだろう？　それって、どんな確率になるんだろうな？」

「悲運というか、不運というか。せめて他の病気なら、どうにかなったかもしれないのにね」

会話の様子から、人から聞いた話で会話を進めているようなので、これは顔見知り程度。流一とは、特別に親しい関係ではない者たち。伊万里はそう判断すると、すれ違いざまに会釈だけして、人気《ひとけ》のなくなった聖堂へと足を踏み入れた。

「――――、おい、今のが朱雀の…だよな」

すると、彼らは一瞬立ち止まり、伊万里のほうを振り返った。

「ああ。あれが噂《うわさ》の愛人だ。なんでも学生時代からの仲で、朱雀が婚約どころか結婚してからも切れてないらしい。本妻も歯軋《はぎし》りをしそうな美青年だって聞いてはいたが、本当だったんだな。初々しい美人だ。喪服姿の未亡人にも負けてないっていうのは、なかなかなもんだ」

「ええ？　ちょっと待ってよ。彼が、彼なのに愛人なの!?」

「東都出の男には、珍しいことじゃないさ。全部が全部ってわけじゃないが、ここは大学以外は全寮制っていう学校だからな。普通に結婚する奴でも、一度や二度は校内でたしなんだことがあるんじゃないか？　って噂なら、戦前からあるらしいし」

こんなときでも、いや、こんなときだからこその中傷が、伊万里に奥歯を嚙み締めさせる。

「戦前からって…、すごい噂があったものね。でも、ま、それが事実だったとしても、玉の輿《こし》を狙《ねら》うなら、どんな業界でも東都出の男っていうのは、ＯＬの中では絶えたことがない話だから、いいんじゃない。特に、多少のたしなみはあっても、朱雀さんほど優秀でハンサムな男性なら、

愛人どころか身内に犯罪者がいたとしても、十分おつりがくるしね
「そういう打算的な女ばっかりが溢《あふ》れてるから、ここの連中は男に走るんじゃないのか？」

「かもな〜」

三人は、聞かれていることを知ってか知らずか、無責任な会話をし続けた。

「何よ、それ。打算的で悪かったわね。私は単に、朱雀さんはずば抜けていい男だったって言っただけよ。悔しかったら、ここの法学部を主席で卒業してみなさいよ。身内の不祥事にもめげずに、一般大企業たるNASCITA《ナシタ》で大出世。平《ひら》から役員幹部まで、わずか十年足らずで駆け上ってみなさいよ！」

「無茶言うなよ。中小企業でだって、十年で幹部役員は無理だって」

「そうそう。そんな男がそうそういるわけないだろう？　だ・か・ら、東都出の男のブランド力は、強まることがあっても、衰えることがないんだ。ここは歴史と伝統あるエリート養成所だよ」

「敷居の高い、ハッテン場でもあるけどな！」

「違いない！　ははは」

そうして伊万里が白い顔をより蒼白《そうはく》にしているにもかかわらず、心ない者たちは最後まで自分勝手なことを言い続けると、ようやくその場から離れていった。

場に相応《ふさわ》しくない笑い声だけが、聖堂内にも微《かす》かに響く。

『違う。そうじゃない。俺と流一さんの間には、そんな関係も、そんな感情もなかったのに』

完全に人気《ひとけ》がなくなると、伊万里は噛み締めた奥歯から力を抜いた。

それでもぶつける先のない悲憤はあとからあとから湧《わ》き起こり、それを鎮めんがゆえに薄く形のよい唇を噛み締めると、伊万里は身を翻して出入り口へと戻った。

『あるのは、幼いころからの思い出だけ。幼馴染《おさななじ》み、兄弟のような関係、それだけなのに。どうしてこんなふうに、言われるんだろう？　これって全部出身校のせい？　それとも、俺のせい？』

聖堂の表正面の中央に造られた両開きの扉を静かに閉じて、斎場となっていた広い空間に、自分ひとりを閉じ込めた。閉じた扉を背に、改めて身を返した。

『流一さんが好きなのは、翔子《しょうこ》さんなのに。初恋とか、学生時代のことまでは、わからないけど。それでも、一生を添い遂げるために選んだ相手。最期のときを共に過ごす相手に選んだのだって、他でもない翔子さん。奥さん、ただ一人なのに。なんで俺なんかが、そんな大事な関係を壊すようなところに、置かれているんだろう？　勝手に愛人だなんて、思われているんだろう』

伊万里の視界に広がる聖堂の左右の壁には、回廊に並んでいた生花と同じほどの量が、所狭しと並べられていた。

つい先ほどまで棺が置かれていた正面の祭壇奥の壁には、聖母マリアと天使たちが描かれた五連窓のステンドグラスが、十字を背負うキリストに、慈悲深くも暖かな光を降り注いでいた。

『俺が、流一さんに甘えすぎたからなのかな？　頼る家族がいないからって、流一さんや翔子さんを頼りすぎたから、結果的には世間から、そんなふしだらな関係だと思われたのかな？』

伊万里は、奥まで真っ直《す》ぐに延びた通路を歩くと、最も光が差し込む祭壇へと進んだ。

『だから、駿ちゃんも…。駿ちゃんも俺が好きなのは、流一さんって思い込んで。信じてしまって。俺の前からも、流一さんの前からも、いなくなっちゃったのかな？』

真っ白な大理石で造られた階段を三段ほど上り、同様の石で造られた壇上に立つと、掲げられた十字架を見上げて、オーロラのように輝く暖かな光を全身に受けた。

『駿ちゃん』

するとこみ上げていた悲憤は、嘘《うそ》のように消える。一瞬にして、心が、精神が洗われる。

『駿ちゃん』

しかし、その代わりに伊万里の胸中には、懐かしさばかりがこみ上げてきた。

忘れたつもりでいても、忘れていない。頭から消したつもりでいても、決して消えてはいない記憶が蘇《よみがえ》り、もう何年も会っていない男の名ばかりを、心の中でつぶやいてしまった。

『――――駿…っ』

まだまだ少年だった頃の朱雀駿介《しゅんすけ》に、誰より笑顔が眩《まぶ》しかった少年に、言葉にならない思いを馳《は》せてしまった。

あれはまだ、高等部に入学してから三月《みつき》も経《た》たない初夏のことだった。

伊万里はその日、今日と同じように、この聖堂に身を置いていた。

「なんだよ、渉。俺をわざわざこんなところに連れてきて。話なら、他でもできるだろう？」

「いいの。できない話も込みだから、来てもらったの！」

「は？」

そしてその傍らには、当たり前のように、朱雀駿介がいた。

「だからさ、レギュラー決定、おめでとう。すごいね、駿ちゃん。一年生でレギュラー。しかも、先発ピッチャーなんて、野球部始まって以来の快挙だってよ」

伊万里は中学三年の初夏に、不慮の事故で両親を亡くしていた。そのことから、高校は全寮制であり、父の母校でもあった東都に入ることを選択すると、難関受験を乗り越え、東都の高等部へと入った。

「流一さんも話を聞いて、ビックリしたって。だから、野球部のお友達から、今の三年生に、こっそり理由を聞いてみたらしいんだけどね。そしたら、実は監督は、伝統ある東都の野球部だけに、やっぱり年功序列にこだわって、最初は駿ちゃんを補欠にした。なのに、先輩たちが勝つためにはこだわらない、甲子園に行くためには、あいつが必要なんだって言って、駿ちゃんのレギュラー入りを希望してくれたんだって。それも、エースでって、みんなが希望してくれたんだって。これって、普通に選ばれるよりすごいことでしょ。監督のお眼鏡《めがね》に叶《かな》う以上に、貴重なことでしょ。だから、それを聞いて、流一さんもご機嫌でね。さすがは俺の弟だって言って、すごいはしゃぎっぷりだったんだから！」

両親の死から入学までは、悲しむ間もなく、慌ただしいとしかいいようのない状況だった。が、もともと親の反対を押しきって結婚した夫婦だったがために、伊万里には親しく付き合ってきた親族がいなかった。どれほど周囲の他人が優しく接してくれても、こうなってしまえば、自分の引き取り手がない。そのことを誰よりも理解していたがために、伊万里は東都という学校に、まずは身の置き場を求めることしか思いつかなかったのだ。

「もちろん、俺も一緒にはしゃいだよ。さすがは、駿ちゃん!! って。俺、自分が認められたみたいに嬉しくて…。だから、この気持ちを誰の目も気にせずに言いたかったの。それで、こんなところまで、来てもらっちゃった。ごめんね」

ただ、それでも当時東都大の法学部には、隣に住んでいた兄同然の流一が通っていた。

卒業後も、法科大学院に身を置くことになっていた。

「でも駿ちゃん。これからの都大会、大変だろうけど、本当に頑張って。ここ十年、東都の野球部ってベスト4止まりだから、みんな今年こそはって思っている。学校のみんなも駿ちゃんにはすごく期待しているから。ね!!」

その上、流一の弟で伊万里にとっては同級の幼馴染み・駿介も、得意の野球でスカウトを受け、特待生としての入学を検討していた。

「――――って、ごめん。こんなこと言ったら、プレッシャーになるだけだよね。駿ちゃんの、重荷になるだけだよね。ごめん。勝手なこと言って」

しかも、結果的に駿介は、東都に身を任せることを決めてくれたので、伊万里は受験勉強にも迷うことなく挑《いど》めた。生まれて初めて経験する全寮制という世界にも、特別不安を抱くことなく、飛び込むことができた。

それどころか、身寄りがない伊万里にとって、東都で駿介と一緒に暮らせることは、家族と一緒に暮らせる喜びや安心とそう変わらないことで。入学してから一月《ひとつき》、二月《ふたつき》と経つころには、ここがどこよりも安心できる場所、学び舎《や》でありながらも、もっとも居心地のよい我が家として、伊万里の中に浸透していったのだ。

「――――いや、別に。んなことねぇよ。似たようなことなら、しょっちゅう兄貴も言うし」

「駿ちゃん…」

「それに、ここには去年、一昨年と都大会でベスト4にまで勝ち進んだメンバーが、ゴロゴロと残ってるんだ。ピッチャーだってしかり。そこに全国から集められた今年の一年が加わってるんだから、どんなに俺が図々《ずうずう》しくても、自分だけがどうこうなんてプレッシャーは感じねぇよ。それこそ中学の大会で、絶対に全国制覇してね♡　な〜んて、笑顔で言われたことを考えれば、屁《へ》でもない感じじゃねぇの？　なんせ、俺らが通ってたのは、普通の公立中学だったんだから。全国どころか、関東大会にだって優勝したことがないような、普通よりはちょっと強いかな？　程度の、平凡なチームだったんだからさ」

しかし伊万里には、このときすでにホッとした反面、これまでにはなかったときめきも感じていた。

「――――…っ、ごめん。やっぱり俺、昔からそうとう余計なことしか言ってなかったんだね。駿ちゃんには、無理難題ばっかり、言ってたんだね」

躊躇《ためら》いをも上回る、ときめきが生まれていた。

「おかげで本当に全国大会まで行って、制覇して、ここにも特待生なんて肩書き貰《もら》って、入ることができたけどな」

なぜなら東都という学校には、慣れ親しんだ環境の中での恋愛を謳歌《おうか》するものが、いたるところに存在していた。

「それは、駿ちゃんの実力だよ。それこそ、普通の人は頑張ってって言われたからって、本当にここまでの結果は出せないよ。もちろん、チームのみんなもすごく頑張ってた。けど、やっぱり四番で、ピッチャーで、キャプテンっていう駿ちゃんの力は大きかった。責任も誰より重くて大変だった。なのに、その大役を立派に果たしたからこそ、いくつもの高校からスカウトがきた。東都からも誘いがきた。だから、やっぱり駿ちゃんはすごいよ」

一般的な倫理や道徳を受け入れ、理解しながらも、「それでも、これは別」「好きなものは好き」「自分に嘘はつけないから、仕方がない」と、悪びれた様子もなく笑って言ってのける者が、数えきれないぐらいいたのだ。

「ま、しいて言うなら、馬鹿の一つ覚えの賜物《たまもの》だな。っていうか、やっぱりお前や兄貴の乗せ方が上手《うま》いんだろうな。特にお前の〝頑張って〟には、昔から背中を押されっぱなしだし。今じゃここの変な風習に染まりつつあるのか、前よりも影響は多大だ。もう、言われるがままだ」

そしてそんな者たちが、日を追うごとに、駿介に目を向けていった。

同学年の中でも一際長身で精悍《せいかん》なマスクを持った、スポーツマンで大らかで、その性格には一片の裏表もない駿介に、友情とは明らかに違う恋心を抱いていった。

「なぁ、渉。いや、名誉ある東都の歴代マドンナん代目の、純白のマリアちゃん」

伊万里は、そんな者を目にするたびに、これまでにはなかった嫉妬《しっと》を覚えた。

同時に、いつも傍にいる自分に対して、そんな者たちが向けてくる視線が自分のそれとなんら変わらないように見えて、初めは焦った。戸惑い、躊躇い、自分自身を何度となく見直した。

「――――駿ちゃん？」

『この口調、目つき。やっぱり、怒ってる？　それとも、どっかで別の地雷を踏んだかな？』

けれど、何度見直し確認したところで、自分の視線が駿介を想う者と違うとは思えなかった。

それどころか、はたから見たらもっと強いのでは？　もっと熱烈なのでは？　と思えてきて、
伊万里はそのことから、自分がすでに特別な感情で駿介を見ていたことに気がついた。

物心ついたときからヒーローだった幼馴染みへの愛着がそれだけに留《とど》まらず、伊万里の中で形を変えて育っていたことに、気付くこととなったのだ。

「伊万里渉の中文字を取って、マリア――――。よくもまあ、こんなふざけた呼び名を考える奴がいたもんだよな。何が純白だ。マドンナだ。見てる奴らの視線は、ドピンクか真紫じゃねぇか。どいつもこいつも、隙《すき》あらば口説いてやれ、渉を我がものにしてやれっていう、欲望がムンムンなのに。んと、気分が悪いったらありゃしねぇよ」

ただ、そんな思いは、気付いた瞬間、鼓動を数倍も速める〝ときめき〟に変わった。

自覚ある〝恋〟へと変わった。

「――――…っ、ごめん」

そしてそれは、これまでにはなかった〝怯《おび》え〟をも生み出し、伊万里をときおり切なくした。

「なんで、お前が謝るんだよ」

こんな会話が出るたびに、悲しい気持ちにさせられた。

「だって、駿ちゃんの気分を悪くさせてるのって、けっきょく俺でしょ。俺が入学早々、変に目立っちゃってたから――、それで」

きっと自分の思いは、駿介にとっては、ただの邪道だ。考えるまでもなく否定されるもので、決して受け入れられるものではなくて、拒絶されるしかないものだ。

そう感じると、伊万里は傍にいることさえ、辛《つら》いと感じるときがあった。

「馬鹿言え。勘違いすんなって。誰がお前を見て、ムカつくんだよ。和《なご》むことはあっても、そんな罰当たりな奴は、見たことねぇよ」

「でも…」

「でもも、何も、生まれてこのかた一度だって、渉の綺麗で可愛い顔見て、本気で嫌な面《つら》した奴なんか知らねぇよ。俺が言うんだから、間違いねぇって」

駿介がなんの含みもなく自分が思ったこと、感じたことをそのまま話してくれることが、かえって伊万里には酷だと取れることさえあった。

「――っ…。じゃ、なんで。なんで、そんなに怒ってるの？」

なのに、期待してはいけないと自分に言い聞かせながらも、伊万里はやはり心のどこかでは期待していた。

「なんでって、聞くなよ。俺がムカついてんのは、お前に色目を使う奴ら。恥ずかしげもなく、堂々と日中から口説いてくるような、チームメイトやクラスメイトだよ!!」

駿介が自分と同じ気持ちになってくれること。

「駿ちゃん」

「だって、そうだろう。奴ら、お前には俺が四六時中傍にいるのに、まったく気にしてねぇんだぞ。わざわざ同じ中学から、こんなところまで一緒に来てるんだから、初めからカップルなのかって少しは誤解されてても、いいような気がするのに――。どいつもこいつも、自分たちに不都合な誤解や勘違いだけは、絶対にしないからな。ここの奴ら、傍若無人《ぼうじゃくぶじん》を自負する俺が呆《あき》れるぐらい、天下一のご都合主義揃《ぞろ》いだぞ!!」

駿介が自分と同じように、恋心を抱いてくれること。

「それは…、駿ちゃん相手でも、そうだよ。駿ちゃん目当ての子や先輩たちも、みんな考えは同じだよ。男子校なのにファンクラブがあるんだから…。ここにはさ」

幼馴染みという感情ではなく、もっと熱く、もっと激しい感情で。切なくももどかしい伊万里の気持ちと思いを分け合えて、貪欲《どんよく》で束縛さえもいとわない、そんな情愛を抱いてくれることを、日増しに強く望むようになっていた。

「あ？　何があるって？」

「ううん。なんでもない」

けれど、どんなに伊万里がそれを望んでも、鈍感なのか天然なのか、駿介に通じることはなかった。彼の態度や言動に、特別変化が見られることはなかった。

「とにかく、駿ちゃんは何も気にしないで、野球にだけ打ち込んで。でもって、俺を甲子園《こうしえん》に連れて行って。俺も頑張って、マネージャー仕事に精を出すからさ。ね」

伊万里は、結局今一歩を踏み出せないまま、自分の思いを押し殺していた。

「ああ。もちろん」

「なら、そういうことで！　そろそろ、寮に戻ろう。流一さんが、レギュラー決定のお祝いに、差し入れ持ってきてくれるって言ってたから」

「本当か!!　兄貴が？」

「うん。何持ってきてくれるんだろう。楽しみだね」

表には出さずに、ごまかし続けることで、二人の関係や距離を守り続けていた。

「ああ。じゃあ行こ…って、違うだろう!!」

「何が？」

「だから、せっかく切り出したのに、ここで話を終わらせるなよ。お前もけっこう勝手だな。ってか、鈍いな！　俺がここまで、話を運んでんのによ」

しかし、それがお互いさまだったと発覚したのは、このときだった。

「え？　ええ？」

二人きりでいるのが息苦しくなり、鼓動が速くなりすぎて辛くなり、その場から移動しようとした伊万里の腕を、駿介がしっかりと捕らえる。

「――――だからよ。俺はもう、このムカつきを一掃したいんだよ。このさいだから、どうにかしたいんだよ。そのためにお前、この学校の高等部にある伝説の儀式を俺としろよ」

言い捨てるような駿介の言葉に、伊万里の心臓がキュッとなった。

「は？　伝説の儀式？　それって自分の誕生日に、恋人の誕生石のピアスをつけると、公認カップルになって、自動的に他所《よそ》からのちょっかいは、絶対禁止とかになるってやつ？　中には、追っかけられるのが面倒で、カモフラージュでピアスしちゃう子もいるっていう、アレ？」

このまま話を進めていくのが怖い。そんな思いからか、全身が震えた。

「それは、中等部にある儀式だろう」

「え？　こんな…、恥ずかしい内容のものが、まだ別に…あるの!?　しかも、高等部…用に？」

伊万里は摑《つか》まれた腕から身体中が熱くなり、どうしていいのかわからなくなると、言葉までしどろもどろになった。

「最初に考えたか、行動したかって奴は、よっぽど暇だったんだろう。そもそも頭のいい奴が考えつくことは、馬鹿な俺には理解できねぇよ。さすがは卒論に、裸エプロンへの男性心理をテーマにしたような卒業生がいる学校だよ。俺はここに来てから、世間でいうところの秀才、エリートを見る目が変わった。こんな学校に高校からとはいえ、自ら進んで入った兄貴のことも、少しばかり疑い始めたね」

いっそ「離して」と、「ドキドキしすぎて苦しいから離して」と口にしてしまおうか？　と、そんなことさえ思った。

「それは――――…、流一さんに限っては、別だと思う。ちゃんと、目標とか目的とかを持って、ここを選んだんだと思うけど。でも、その高等部の儀式って、何？　駿ちゃんのムカつきが取れるんなら俺、カモフラージュでも、なんでも、一応付き合うけど…さ」

「カモフラージュじゃねぇよ。マジだよ」

と、そんな伊万里の気持ちを、ときめきを知ってか知らずか、駿介が言った。

「マジ？」

「マジ。だからお前、俺が都大会を制覇したら、ここでキスさせろ。いや、お前から俺にしろ」

摑んだ腕をさらに強く摑むと、伊万里の瞳を驚きで見開かせた。

「――――ええっ⁉　キス？　しかも、俺から⁉」

「ああ。俺、この手で甲子園への切符持って、お前に告白するから。好きだって。一生、傍にいろって。だから、そしたらお前、笑ってＯＫして、俺に――――キスしろ」

心臓が爆発してしまいそうだった。

「馬鹿みたいな話だけど…。でも、ここで告白《こく》って、ＯＫ貰って、キスまで行くと一生添い遂げられるホモップルになるって、兄貴や先輩たちが言ってたんだ。戦前にそれをやって、本当に死ぬまで添い遂げた、驚異的なカップルもいるって。だから…、さ」

どこからともなく込み上げる感情に、目頭が熱くなった。

「駿ちゃん…っ」

摑まれた腕が痛いのに、それが嬉しい。

「――って、これ自体がもう、告白だよな。お前のその、予想もしてなかったクリスマスプレゼントを貰ったときみたいな、嬉し恥ずかしで真っ赤になってる顔にキスまでしちまえば、多分俺たちはもう、立派に伝統カップルの仲間入りだよな」

堪えきれずに涙がこぼれてしまったのに、それが嬉しい。

「でも、しねぇ。そんな自分勝手、今はしねぇ。いくら俺様な俺でもこればっかりは、ちゃんとお前の口からも同意の台詞《せりふ》が出るまでは――しねぇよ」

駿介は、伊万里の頬に空いた手を伸ばすと、大きな手でこぼれた涙を拭《ぬぐ》い取った。

「駿ちゃん」

左右の頬から、涙が伝ったあとを、消し去った。

「けど、言ったことは必ずやる。必ず俺は甲子園への切符を手にして、お前に好きだって言って、お前自身を褒美にくれってねだってやる。だから、それまでゆっくり考えとけ。お前にとって俺って奴が、一生必要かどうか…。大会が終わるまでに、答えを出しとけ」

濡れた手のひらを引っ込めると、照れくさそうに笑い、それをペロリと嘗《な》め取った。

「俺には、お前が必要だ。伊万里渉だけが必要だ。だから、OK貰ったら一生離さねぇ。何があっても、離さねぇから。な――」

すべての思いを言葉に出しつくすと、伊万里を引き寄せ、抱きすくめた。

「っ、駿ちゃん」

考えるまでもない。伊万里は「好き」と言ってしまおうと思った。

ずっと一緒にいたい。傍にいたいと、今すぐにでも口にしてしまおうと、その唇を開きかけた。

「俺…、駿ちゃんのことが…」

「でも、やっぱこれぐらいは先付けってことで！」

が、そんな唇は、駿介の突然の行動で塞《ふさ》がれた。

「――――っ!!　何すんだよ!!」

駿介がいきなり自分の頬を、伊万里の唇に押しつけてきたことで、伊万里はその驚きから駿介の身体を、反射的に押しのけてしまった。

「別にいいだろう？　ホッペにチュウぐらい。とりあえず、今は野球部の期待の新人エースに、マドンナマネージャーからの激励ってことでよ」

否定されるのが、怖かったのだろうか？　どんなに、伊万里は駿介が好きだと思っていても、万が一にも拒否されることが、普段は強気な駿介でさえ怖かったのだろうか？

「駿ちゃん!?」

伊万里はその場を笑ってごまかした駿介の姿を見ていると、「もう」という不満と「馬鹿」という悪態が、今にも口から出そうだった。

『俺が拒むはずないのに。嫌だなんて言うはずないのに。どうしてここで背を向けるの？』

声を大にして叫んでしまいそうだった。

「さあってと。お前の信者に闇討《やみう》ちかけられても、返り討ちにできるように、しっかり今から鍛えとかなきゃな。こんな、年の離れた俺たちの代まで名の知れた元生徒会長・朱雀流一の恩恵に

守られてるなんて、言われたくねぇし。そのダチ連中も怖いから、特に黒河先輩がバックについてるから、朱雀駿介は一年のくせして、態度が超デカイんだ!! なんて、影口たたかれんのも、嫌だからな」

しかし、伊万里の瞳に映った駿介の背には、先に果たさなければならない責任が重く伸《の》しかかっていた。

『って、そっか…。そうだよね。今は、本当はそれどころじゃないよね。監督が選んだエースじゃない、部員みんなが選んだエースだってわかったら、なおさら…それどころじゃないよね』

まずは東都に、甲子園への切符を手にさせる。そのマウンドを守りきって、特待生としての役割を果たすという、駿介だけが背負うプレッシャーがあった。

「あ、渉。お前も少しは、鍛えろよ。じゃないと、思い余った奴に、いつどこで襲われるか、わかんねぇからな。そもそも、お前、ぽーっとしてっとこあるからよ」

「そっ、そんなことないよ。俺だって、これでも男だよ。護身術ぐらいは、習ってるよ。そりゃ、みんなからは、無駄な抵抗だって笑われるけど、逃げ足だけは速いしね」

だから、伊万里は駿介の頬に触れた唇に手を添えると、今一度自分の思いを飲み込んだ。

「だったら、素直に〝はい〟って言えよ。伊万里渉は俺のものなんだから。聖なるマリアの純潔は、俺だけのものなんだから。わかりました、気をつけますって、言っとけよ」

「――――なんか、俺様〜。今日の駿ちゃん」

「んなの、いつものことだよ。それより、行くぞ。話は終わりだ」

「は〜い」

互いの思いを確信しながらも、それをはっきりとした言葉にするのは、先延ばしにした。

『でも、そんな駿ちゃんも好きだよ。好き。大好きだから、都大会頑張ってね』

それが、その後に待ち受けていた皮肉な運命のために、胸にしまい続けることになるとは、思ってもいなかった。

『たとえ思うような結果にならなくても、俺は駿ちゃんが好きだから。それは変わらないから。ね、駿ちゃん』

言葉に出したくとも出せない。そんな酷な時の中で、封印され続けることになるとは、このときは考えつきもしなかったから――――。


伊万里は自らの唇に触れると、あのときに触れた駿介の頬の感触を、必死に思い出そうとした。

『駿ちゃん。駿ちゃん…。どこにいるの？　どうして、来てくれないの？　急がないと、流一さん…もうすぐ、ここから出て行くよ。数時間後には、骨だけになっちゃうよ』

しかし、あの日の言葉、あの日の笑顔を思い出しながらも、初めて他人の頬に触れた唇の感触だけが思い出せなかった。まるで思い出せないことに時の隔《へだ》たりを痛感し、伊万里は流一の死という現実に更なる追い討ちをかけられるように、打ちひしがれることとなった。

『駿ちゃん――――!!』

伊万里は神の台座に縋りつくと、人知れず涙をこぼした。

叫んで来るものなら、叫びたい。呼んで来るものなら、その名を呼びたい。

そんな思いを噛み締めながら、伊万里は華奢な身体を、黙って震わせ続けた。

「あ、いたいた。やっぱり、まだここにいた。渉くん」

と、そんな伊万里の背後から、女性の声が響いた。

「っ、翔子さん」

「時間よ。さ、一緒に火葬場に行きましょう」

伊万里が目元を擦《こす》りながら振り返ると、わずか三カ月前にはバージンロードとして歩いたこの聖堂の通路を、今日は漆黒のアフタヌーンドレスに身を包んで歩く、翔子の姿があった。

「いえ…、俺はここまででいいです」

伊万里は立ち上がると、自らも翔子のほうへと歩み寄る。祭壇から下りて、平静を装う。

「周りのことなんか気にしちゃだめよ。何も知らずに勝手なことばかりを言ってる人たちの言葉に、耳なんか貸す必要ないし。あなたがそんな顔をしていたら、流一さんが心配するわよ」

翔子は、流一より二つ下の、快活な美人だった。大学院を出たあと、流一が勤めた東都系列の医療機器製造販売会社・NASCITAの社員であり、重役の娘でもあった。

「でも…、俺は。俺は――――、駿ちゃんを待っていたいんです」

彼女は、父親が東都の卒業生だったこともあり、伊万里の気持ちをそれとなく察してくれる者だった。そして彼女の両親もまた、周囲の噂話を笑って聞き流せる耳の持ち主だったことから、逆に今日のような日だというのに、伊万里が心ない中傷に身の置き場を失くしているのではないか？　そうでなくとも傷ついているのに、追い討ちをかけられているのではないか？　と、かえって心配さえしてくれていた。

「駿介さんを？」

ただ、その気持ちは痛いほどわかるし、ありがたいとも思ったが、伊万里はだからこそ彼女には本心を告げた。

「はい。間に合わなかったけれど、手は尽くしました。流一さんが、知りながらも隠し続けていた駿ちゃんの居場所もどうにか見つけて、今朝ですが…連絡も入れました。だから、もしかしたら、今からでも来てくれるかもしれないし――」

自分が最期の儀式に背を向けてまで、この場で誰を待ちたいのか。心待ちにしているのかを、正直に伝えた。

「そう。そっか。なら、時間だから私は行くけど…。渉くんもある程度の時間になったら、ね」

翔子は、短い説明の中に伊万里の心情を理解すると、すぐに心地よい返事をくれた。

「はい…」

「あーあ、それにしても、目が真っ赤ね。そうでなくとも澄んだ瞳が、涙で何倍もキラキラしちゃって。駄目よ、渉くん。ここでそんな顔を周りに見せちゃ。今でもあなたに恋い焦がれている男は、いっぱいいるっていうのに。ここぞとばかりに攫《さら》われちゃうわよ」

かぶっていたベール付きのトーク型帽子を外して、それをそっと伊万里の頭にかぶせてきた。

「翔子さん…」

ベールの下に隠され続けてきた、やつれた美貌《びぼう》が現れる。

それでも伊万里に微笑み続ける、気丈な姿も現れる。

「もっとも、流一からしたら、いっそ誰かがあなたを攫ってくれないか。自分の代わりに信頼できる誰かが、攫って守ってくれないかって、思うところかもしれないけど」

思えば翔子と流一は、何年もの間交際を続けながらも、夫婦として過ごしたのは、わずか三カ月たらずのことだった。それも流一が病に倒れ、一度は別れ話を切り出した流一に対して、「だったら、余計に一緒にいさせて」「ちゃんと妻として、最期まで一緒に過ごさせて」と切り返したからこそ、たどり着いた結婚で。そうでなければ、今もって夫婦にはなっていなかったかもしれない。婚約者同士のままだったかもしれない。なのに、そういう関係の中でさえ互いへの愛情を守り、育み続けてきた、情の深い者同士だった。

『翔子さん』

ただ、伊万里は流一が翔子との結婚に踏み切れなかったのは、駿介と自分のことが原因だと考えていた。

過去に起こった突然の悲劇に、心を痛めたまま、今に至った伊万里。

そして、どこで何が狂ってしまったのか、ある日を境に犯罪者となり、輝かしい栄光のすべてを手放し、転落の人生を送ることとなった駿介。

流一は、この二人のことを思うがあまりに、自分の幸せを先送りにし続けて、翔子を待たせた。待たせ続けた挙句に、今日のようなことになってしまった。そうに違いない。この思いは外れていない。これが事実だろうと、確信もしていた。

「ねぇ、渉くん。お互い、これからは今まで以上に、助け合っていきましょう。志半ばで逝った、流一の分までやるべきことを、やれることをやっていきましょう。同じ、医療関係者として。人の命に携《たずさ》わる者として。それが、彼への一番の供養だと思うから」

「はい」

だが、だとしても翔子は、一度として伊万里に悪意を向けたことがなかった。

顔を合わせたことのない駿介に対しても、それは同じだった。

「――――じゃ、またあとでね」

それどころか、誰より棺にしがみついて、泣き崩れていたいだろう今でさえ、こうして伊万里を気にかけてきた。

『この帽子は、あとで届けてねって。時間までには、追いかけてきなさいねって、意味なんだろうな』

まるで、これからは流一の分も、私が傍にいるからね。そう言わんばかりに、献身的にみてくれた。

『流一さんのこと、ちゃんと最後の最後まで見送って…って、そういう』

伊万里は、翔子が残した漆黒の帽子を外すと、両手でそれを抱きしめた。

今一度祭壇に掲げられた十字架を見上げると、長い睫《まつげ》に縁取られた瞼《まぶた》を、ゆっくりと閉じた。

『神様。お願いします。どうか最後に一目でも、流一さんと駿ちゃんを会わせてください』

駿介が甲子園の切符を手にした、高校一年の夏。流一は、駿介が起こした傷害事件が元で、人が羨《うらや》むほど仲のよかった兄弟関係に、亀裂《きれつ》を入れることになった。

そしてそれは、時を重ねるごとに深まることはあっても、修復されることはなかった。

『流一さんの姿があるうちに。その身体に触れられるうちに――――』

けれど、伊万里は知っていた。ずっと前から、気付いていた。

流一が、結果的には自ら縁を切って、家を飛びだした駿介を。

籍まで抜いて家族との関係を断絶し、姿を消したたった一人の弟を。

一日として、忘れたことなどなかったことを。

頭の中から、消したことなどなかったことを、その傍で見続けてきたから。

『駿ちゃんを。駿ちゃんを流一さんのもとに、連れてきてください』

それどころか、多忙な中でも駿介を捜して、見つけ出しては連絡を取っていた。

そのたびに姿を消されては、また捜すということも、繰り返していた。

流一は、自分が病に侵《おか》されたことを知るまで、駿介を捜し続けていた。

追いかける日々を、淡々と繰り返し続けていたのだ。

『どうか、どうか…、お願いします!!』

ただ、そんな流一を拒み続けた駿介が、これまでに何を思い、何を考え続けてきたのかは、誰にもわからない。

伊万里の前からさえも姿を消して、それまでの関係、思い出さえも断ち切って、どうして消えてしまったのかは、いまだに伊万里にもわからないことだった。

『神様――――』

もしかしたら、世間と同じように流一との関係を、誤解したからかもしれない。

自らが犯罪者になったことで、身を引いてしまったのかもしれない。

詮索《せんさく》だけなら、いくらでもできる。憶測だけなら、どれほどでも、たてられる。

しかし、それでも本当のことは、駿介自身にしかわからなくて。何一つ、教えてはもらえないまま、姿を消された伊万里には、彼を待ち続けることしかできなかった。

こうして祈ることしかできずに、伊万里は「それでも、せめて」という切望だけで、神の前に跪《ひざまず》いた。駿介が姿を現すのだけを、待ち望んでいた。

「こんなところで、一人残って弔いかよ。みんな火葬場に行ったっていうのに、どうせ妾《めかけ》は来なくていいとでも言われたんだろう」

すると、そんな祈りが通じてか、伊万里は懐かしささえこみ上げる男の声を耳にした。

「――――駿ちゃん!!」

手にした帽子を足元に落とすと同時に立ち上がり、声のしたほうへと振り向いた。

「愛人なんて立場に甘んじているから、最後に惨《みじ》めな思いをするんだ。こんなところで、そうやって泣く羽目になるんだ」

しかし、伊万里の前に現れた男は、銜《くわ》え煙草《たばこ》で立っていた。

その姿形に面影は残していても、まるで目つきが違っていた。

「誰もがここでは、聖母マリアと崇《あが》めたようなお前が。清廉潔白だったはずの伊万里渉が。まるで娼婦《しょうふ》を見るような好奇の目に晒《さら》されやがって――――。下世話な噂と侮辱の中で、晒し者にされることになるなんてな！」

精悍なマスクに色香と深みは増しても、太陽の下で輝いていたはずの笑顔は微塵《みじん》もない。誰をも魅了した爽《さわ》やかさは、どこへ行ってしまったのか？　初めから、存在していなかったのか？　と思うほど、影も形もなくなっていた。

「この、大馬鹿が」

それどころか、喪に服しているはずの漆黒の姿が、どうしてか威圧的で――――。

『駿…ちゃん』

伊万里は、何度聞いても信じられなかった。それは嘘、ただの噂と信じ続けたかった駿介の行き着いた先が極道だったことを、今この場で、理屈抜きに、知ることとなった。

「来い」

「っ、駿ちゃん？」

駿介本人が放つ、暗闇のようなオーラから、全身を萎縮《いしゅく》させながらも感じ取ることとなった。

「どうせ堕《お》ちるところまで堕ちたんだ。主《あるじ》を亡くした妾には、俺みたいな漢《おとこ》が似合いだろう？」

「駿ちゃん…何、言ってるの!?」

伊万里は、自分の傍まで歩み寄ると、力任せに腕を摑んだ駿介に、困惑の色が隠せなかった。

「今日からお前を、俺のものにする。このまま、たった今から、お前は俺のものだ」

「駿ちゃん!!」

遠い日の告白シーンが、ピタリと重なる。

「ふっ、ふざけないで!! こんなときに、何言ってるの?」

そんな光景でありながらも、伊万里の胸にときめきは一切なく、困惑と不安だけが渦巻いた。

「ふざけてなんかいないさ。俺はいつも本気だ」

しかし、腕を振り払おうとした伊万里に、駿介は開いた片手で煙草を取ると、それを床に落として、踏みしめた。

「何をするにも、人を殺《や》るにも、おふざけなんかじゃしねぇよ」

両腕で伊万里の身体を抱きすくめると、ふてぶてしいだけの笑みを浮かべた。

「駿ちゃん!! お願い。そんな冗談…。怖い冗談はやめて」

伊万里は、心臓が壊れそうだと思った。

「それより、俺と一緒に行って。今すぐ、一緒に火葬場に行って。今ならまだ間に合うから、流一さんに、最後に一目でも会えるから」

だが、抱きしめる駿介の腕を摑み返すと、今だけは襲いくるような激しい動揺に堪えながらも、駿介に必死と訴えた。

「流一さんの手でも、頬でも、触れることができるから。だから早く!!」

「必要ねぇよ。んなもの」

すると、駿介は迷うそぶりも見せずに、言い放った。

「どうして!?」

「聞くなって。俺はもう、朱雀の人間とは、縁を切ったんだ。誰が死のうが、関係ねぇよ。あの男だって俺と切れて、清々してたはずさ。それを今更面なんか出したら、浮かばれるもんも、浮かばれなくなっちまうだろうがよ」

さも当然のように、他人事のように、言いきった。

「そんなわけないじゃない!!　どうかしてるよ、駿ちゃん!!」

伊万里の悲鳴が、聖堂内に響く。

「流一さんは、流一さんはね、ずっと駿ちゃんのこと待ってたんだよ。いくら喧嘩《けんか》別れしたっていっても、心の中では、ずっと駿ちゃんのことを考えてたんだよ。いつも心配して、気にかけてて。だから死ぬ間際だって、流一さんは駿ちゃんの名前を、何度もうわ言で呼んでたよ。他の誰でもない。駿ちゃんの名前を呼んでたよ!!」

どうして、わかってくれないの？　どうして、そんなふうになっちゃったの？

伊万里の胸中には、疑問ばかりが溢れた。

「絶対に仲直りしたかったんだよ。駿ちゃんと喧嘩別れしたまま、逝きたくなかったんだよ!!」

駿介は駿介。何年経っても、駿介であることには、変わりがないはずなのに。人はこれほど変われるものなのだろうか？

他人のように、生まれ変わった別人のように、なれるものなのだろうか？

そんな自身の思いさえ振りきるように、伊万里は駿介に訴え続けた。

「ねぇ!! 駿ちゃんだって、そうでしょ？ だから、ギリギリにはなっちゃったけど、来てくれたんでしょ!? 最後のお別れに駆けつけてくれたんでしょ!?」

「いや、別に」

だが、伊万里の思いは、真っ向から否定された。

「駿ちゃん!!」

「お前がどういう解釈をして、そんな甘っちょろいことを口にしてるのかは、わかんねぇけど。俺がここに来たのは、今日ならこうしてお前を捕まえられると踏んだからさ」

駿介は、抱きしめていた伊万里の身体から利き手を外すと、その腕を握り締めていた伊万里の手さえ弾《はじ》いて、白い顎《あご》を掬《すく》い上げた。

「捕まえて、攫って、奪いつくして。死んだ男のことなんか忘れさせて。今度こそ、俺のものにできると思ったからさ」

きつく顎を掬った指の先に、徐々に力が入っていく。

「——しゅっ…んちゃ…っ」

「そうして世間にも、伊万里渉は最初から俺のものだ。この関東連合四神会系《かんとうれんごうししんかい》・鳳山組《ほうやま》二代目組長、鳳山駿介のものなんだってことを知らしめて——…」

硬質で、大きな親指の腹が、伊万里の白い頬からうっすらと色づく桜色の唇を撫《な》でつける。

「駿ちゃん!!」

怖い——と、伊万里は感じたと同時に、身体を背けた。

「二度とお前に下手《へた》な口を、利かせないようにするためさ」

力の限り背けて、駿介の身体を押しのけた。

「――――っん!!」

だが、そんな伊万里の身体は難なく引き寄せられて、唇に唇を合わされた。

『駿ちゃんっ』

わずかな抵抗も許さない。否定も拒絶も許さない圧倒的な力で、伊万里は呼吸をも止められるほどの、深くも激しい接吻《せっぷん》を受けた。

『――――嘘!?』

キスをしろと言われたあの日から、これが初めて交わしたキスだった。

伊万里にしてみれば、あれはもう過去の話。おとぎ話のような、夢物語。

生涯、現実のものにはならないと思っていた行為だった。

〝ごめんなさい――――。俺、駿ちゃんのことは好きだけど、大好きだけど、キスはできない。そういう好きじゃ、ないみたい〟

自分がそう仕向けたのだから。

〝そっか…。そう、なのか〟

それを駿介に納得させたのだから、伊万里は今になって、どうしてこんなことを駿介がしてくるのかが、理解できなかった。

「さあ、わかったら、来い」

「いやっ!!」

捕まえて。攫って。奪いつくす。それがこういう意味なのだとは思っていなかっただけに、伊万里は駿介の行動に困惑を通り越して、混乱し始めた。

「いやじゃねぇよ」

支配的な駿介に恐怖心ばかりが、芽生え始めた。

「いや、離して!!」

そうこうするうちに、伊万里は足元がもつれて膝を折る。

「離さねぇよ。朱雀流一は死んだ。お前がどんなに泣いても叫んでも、二度と帰ってこねぇ」

駿介は、そんな伊万里を支えるでもなく、自らも膝を折る。

「そんな男のために、惨めな思いをさせられるお前なんか、俺は見たかねぇんだ。他人に土足で踏みにじられてるお前の姿なんか、俺は見たかねぇんだよ」

白く冷たい大理石の祭壇に、黒衣を纏った伊万里の身体が押し倒された。

「やだっ!! やっ、やめて駿ちゃん。違うっ、それは違────っ!!」

きっちりと着込まれた上着は開かれ、その胸元に揺れていた漆黒のネクタイは、駿介の手で絡めるようにして引き抜かれていく。

「駿ちゃんっ…っ。何するの？」

伊万里は身体を硬くすると、怯えた眼差《まなざ》しで、駿介を見上げた。

「言ってもわからないみたいだから、身体に教えてやるんだよ」

しかし、駿介は口元だけで笑うと、白いシャツの喉元《のどもと》に手をかけて、力をこめた。

「やっ――――っ、やだっ、駿ちゃん!!」

伊万里が上げた悲鳴とともに、躊躇いもなくシャツの胸元を引き裂く。

「お前は、お前がいながらあんな女を嫁に貰った、出世のためにお前を妾にしたような、反吐《へど》が出るような男のものじゃない」

現れた白い肌に顔をうずめると、唇同様淡く色づいた桜の果実にキスをし、その味を確かめるように濡れた舌先を這わせた。

『――――っ』

伊万里は、全身を引きつらせると、わが身に伸しかかる駿介の腕をギュッと摑んだ。

〝すげえ…。こいつ女みたいな肌をしてやがる。ってか、下手な女より、いいんじゃねぇ?〟

どこからともなく、複数の男の声が聞こえる。

〝これならたっぷり楽しませてもらえそうだな。ほら、暴れるなって〟

どれほど時間をかけても、記憶の中から抹消できない。

だが、それでも月日をかけて、どうにか封印していた。忘れることに専念していたはずの記憶が、組みしかれた伊万里の思考を一瞬にして奪う。

〝おとなしくしろよ!! 下手に、痛い目には遭いたくねぇだろう? こっちだって、お前ほど綺麗な顔や身体に、傷はつけたくないからよ〟

あれは、遠い夏の日の昼下がり。

〃ただし、この後孔はかなり痛めつけて、ひいひい言わせちまうかもしれねぇけどさ〃

甲子園を目前にして起こった、悪夢のような陵辱。

「いやぁっっ!!」

その日、伊万里は一人で外出をし、両親の墓前に花を手向けに行った帰り道で、突然視界と口を塞がれ、どこの誰ともわからない男たちに、組みしかれたことを思い起こした。

「離して、いやっ!! やめてっ!!」

無垢《むく》な心と肉体が一瞬にして引き裂かれ、その後も消えることのない傷を負った恐怖から、聖堂中に響くような悲鳴を上げ、狂ったようにその身を捩《よじ》って暴れ始めた。

「暴れるなって!! どんなに穢《けが》れようが、汚されようが、お前は俺のものなんだ」

『———っ!?』

しかし、そんな伊万里を力ずくで押さえると、駿介は溢れ出した涙で歪んだ伊万里の視線に、視線を合わせた。澄んだ瞳に乱れた伊万里の姿を映すと、再び唇に唇を下ろした。

「たとえ今のお前が、どれほどあの男に毒されていようが、そんなものは俺の毒で消してやる」

少し乾いた唇が、伊万里のそれを啄《ついば》み、貪《むさぼ》っていく。

「渉———」

圧倒的な力で肉体を拘束しているにもかかわらず、伊万里の唇から涙で濡れた頬へ。頬から首筋へとすべる駿介の唇は、なぜか対照的なほどやわらかだった。

たどられたあとが熱くなる。覚えのない欲情を誘われるものだった。

「お願い…、いやっ。やめて…っ」

そうするうちに、駿介の唇は白い胸元をすべって、今度は先ほどとは反対側の果実を含んだ。

「俺がお前の記憶を書き換えてやる」

濡れた舌先が先ほどよりも丹念に絡み、小さく尖《とが》った桜色の果実がキュッと吸い上げられて、伊万里の全身には電流のような衝撃が小刻みに走った。

「やっ、助けてっ。許して…っ」

それでも伊万里は、身体が震える都度に、大きく身を捩った。

「お前にこびりついているんだろう男の影を全部消し去り、俺の伊万里渉にしてやる」

おぼろげながらにも、視界に映しているのは、確かに駿介。どれほど変わったところで、伊万里にとってはかけがえのない相手――――初恋の男。

だが、伊万里の記憶に残る嫌悪感は、そんな駿介でも、忌々しいと感じさせた。

「お願いやめて。俺に触らないで…っ」

ゆっくりと、けれど次第に濃密になっていく愛撫《あいぶ》には、恐怖と憎悪しか感じなかった。

「俺だけを求める、俺だけを欲しがる、そういう淫《みだ》らなマリアにしてやる」

駿介の利き手が胸元からわき腹を掠《かす》め下腹部へ伸びると、伊万里は一際大きく身体を引きつらせて、すべてを拒絶した。

「これ以上、触らないでっ!! いやぁーっっっ!!」

瞳に映る駿介の姿さえわからなくなり、大きな悲鳴を上げると、なけなしの力で強靭《きょうじん》な肉体から逃れようとした。

「今ここで、この場でな――」

しかし、どれほど身を捩ったところで、伊万里が駿介の腕から逃れられることはなかった。

その絶望感から意識だけが無の世界へと逃れても、囚《とら》われた肉体と奪われていた心が逃れることは、駿介を思い続けてきた伊万里には、とうていできることではなかった。

2

幼いころから、よほどのことがなければ、一人になることなどなかった。隣には、いつも駿介がいた。そんな伊万里が、必然的に一人になった。単独行動を起したときに限って起こった、それは皮肉な惨事だった。

「一日ぐらい練習を抜けてもかまわないって。俺も一緒に行くよ。ガキのころから世話になった、おじさんとおばさんの墓参りだし」

「何言ってるんだよ。今はそれどころじゃないよ。俺だって、それがわかってるから、一周忌の法要だっていうのに、超簡単にすませてくるんだからね」

その日の早朝、伊万里は校門の前まで追いかけてきた駿介を宥《なだ》めすかして、両親の元へ行った。

「けどよ。なんか、心配だし。あ、そうだ。うちのお袋に電話して付き添ってもらうか。兄貴はまだ留学先から帰ってこないし」

「駿ちゃん!! 俺、高校生だよ!! なんか勘違いしてない?」

「――――っ、渉」

「まったくもう。見かけによらず、心配性なんだから。なんか俺、本気で都大会の行方が、心配になってきた!」

「渉…」

予定は日帰りで一日。どこに寄る予定もなく、お寺に行ったらお経を上げてもらい、お墓参りをして帰ってくる。それだけのものだった。

「とにかく、俺のほうは今日中にすませてくるから、駿ちゃんは試合のことだけ考えて。勝つことだけ目指して、練習してて！　いい!?　サボッたら承知しないからね」

「――――ちっ」

しかし、そんな予定を半日で終わらせたにもかかわらず、伊万里はその日のうちに、学校に戻ることはできなくなった。お寺から駅までの帰り道に、突然背後から抱きつかれ、視界と口を塞がれると、どこともわからない場所に連れ込まれて、そのまま男たちに犯された。

『どうして、こんなことになっちゃったんだろう?』

会話や声から、相手が若い男たちだということは、わかった。

自分が誰だかわかっているわけではなく、たんに通りすがり。見かけたときの衝動だけで、襲われたこともわかったが、それ以外は何一つわからないまま、伊万里は視界を塞がれた闇の中で、恐怖の底に落とされた。力ずくで身体を拘束され、衣類を剝がされ、何ほどの抵抗も許されないまま、恥辱と激痛だけが与えられた。

『なんで、なんで俺が、こんな目に遭わなきゃいけないんだろう?』

そうして、どこかで途切れた意識が回復したときには、伊万里は駅裏の人気《ひとけ》のない、路地に置き去りにされていた。

『駿ちゃん…っ。駿ちゃん…っ。すぐ来て――――っ』

衣類はそれなりに戻されてはいたが、あたりはすっかり暗くなっており、伊万里はそのままの姿で学校に戻るわけにもいかず、かといって警察に駆け込むこともできず、結局無人の実家に戻ると、痛む身体を抱きしめた。何時間もの間、一人で泣き伏すことしかできなかった。

『だめ…っ。言えるわけがない…っ。こんなこと、誰にも、知られるわけにいかないよ』

それでも、散々泣いたあとには、数ヶ月ぶりに戻った自宅で、湯船に浸《つ》かった。

肌が擦り切れるほど、身体も擦った。できる限り自分の身体を清め、悪夢としか思えない出来事は、自分ひとりの胸中に留めて、沈黙を守ることも決意した。

『今は、一番大事なときだ。駿ちゃんも、野球部のみんなも、大事なときだ。なのに、こんなときに俺のことが知れたら、みんな動揺するかもしれない。校内でも騒ぎになって、俺が辱《はずかし》めを受けるだけじゃなく、部員のみんなまで、変な目で見られるかもしれない』

被害者であろうが、加害者であろうが、伊万里にとってこんなことは、世間に知れればスキャンダルにしかすぎないものだった。

『それこそ、外にばれたら、東都の名前にだって傷がつくし…。俺が、女ならまだしも、男なんだから――――。男なんだから、こんなこと知られたら、ただの恥だ。同情されるよりも、ただの恥だ』

そんな醜聞に、愛する母校が晒されること、駿介や学友たちが晒されることは、伊万里にとってはセカンドレイプに他ならない。ましてや、そのために駿介やチームメイトたちの調子が狂ったら、全力を出しきれずに敗退することになどなったら、それこそ伊万里にとっては一大事。レイプされた事実よりも、自分を追い詰めることになりかねないので、伊万里は大好きな駿介のため、チームのため、そして学校の名誉のためという理由を掲げ、それを支えに必死で心身の痛みから、逃れようとした。

『泣きやまなきゃ――――。泣きやんで、顔を…ちゃんと元に戻して、帰らなきゃ。俺は、マネージャーなんだから。みんなを陰で支えて、応援する立場なんだから』

その日は急用で、実家に戻ることになった。そう学校には連絡を入れて、翌日何食わぬ顔で学校に戻ると、しばらくは人前で肌を晒すことを避けつつも、駿介たちのマネージャーとして、精一杯努めた。

『都大会に優勝して、甲子園に行ってもらうんだから。なんにもなかった顔してなきゃ…、バレちゃうよ。バレたら、駿ちゃん、試合に集中できなくなっちゃうかもしれないし』

しばらくは、眠りにつくたびに悪夢に苛《さいな》まれる日々も続いたが、

「いやっ――――っ!!」

「どうした? 渉」

「駿ちゃん…。ううん。なんでもない」

それでも伊万里は、ごまかした。

「なんでもないってことはねぇだろう? すごい汗だぞ。それに、寝言で悲鳴を上げるか、普通?」

寮の同室者が駿介だっただけに、その都度嘘に嘘を重ねることになったが、それでも伊万里は駿介と自分をごまかし続けた。

「何かあったのか？　言ってみろ、渉。俺に隠し事はするなよ」

「ホームラン…、打たれる夢見た。駿ちゃんが、決勝の最後に、めった打ちされる夢」

ただ、それでも堪えきれずに涙が溢れて止まらなくなると、伊万里はこんなことまで口にした。

「っ…、馬鹿だな。うなされるほどのことかよ。泣くほどのことかよ」

「だって…。だって――」

そうでなければ、心配そうに顔を覗《のぞ》いてくる駿介の顔さえ、見れなくて。濡れた頬を拭う大きな手さえ、振り払わなくてはならない気がして。伊万里は悪夢にうなされる自分を、駿介を思う気持ちで覆い隠し続けた。

「打たれたりしねぇよ。そんなの、お前の心配しすぎだって」

「わかってる。わかってるけど…」

「なら、ノーヒットノーラン。都大会の決勝は、ノーヒットノーランで勝ってやる。だから、そんな顔するな」

駿介は、そんな伊万里の言葉を、いつも疑うことなく信じてくれた。

「駿ちゃん!?」

「めった打ちになんかされねぇよ。お前がそんな顔するんだってわかったら、ヒットの一本だって打たせねぇよ。だから、安心しろ」

それどころか、重ね続けた嘘のすべてを受け止め、最後にはこんな約束までしてくれた。

「いつもみたいに、笑って頑張ってって、それだけ言ってろ。な、渉」

しかし、真っ直ぐすぎる駿介の笑顔に、伊万里は喜び以上に痛みを感じた。

「ん――――。わかった」

こんな自分が、駿介を追い詰める。ますます無理をさせるとわかっていながら、回避することができない。今だけは、駿介の抱擁に身を任せるしかなくて、伊万里は痛む胸を堪えながらも、駿介たちとともに、夏の甲子園を目指した。

『負けるもんか。あんな、あんな卑劣な奴らに。絶対…、負けるもんか!!』

そうすることで、日々蘇る闇の中での悪夢から意識を逸《そ》らして、真夏の太陽を見つめ続けた。

「勝った!! 勝ったーっ!!」

そして、伊万里は駿介たちの激戦とともに、一つの勝利を手にした。

「すごいよ、駿ちゃん!! 本当にノーヒットノーランなんて。みんなも、すごすぎるよ!!」

その年、東都は記録的な勝利で都大会を勝ち進み、優勝候補の筆頭に名を上げ、甲子園へと向かうことになった。

「渉!!」

「駿ちゃん!!」

一年生ながらに、豪腕・朱雀駿介の名前は全国に知れ渡り、誰もがその活躍を期待し、全国大会での登板を待ち望むことになった。

「勝ったぞ、渉。約束どおり、完全勝利での甲子園だ!!」

「うん!」

「あとで学校に戻ったら、祝賀会抜けて、聖堂で待ち合わせな」

だが、そんな勝利に酔う間もなく、伊万里は駿介と交わした約束のときを迎えた。

「────っ」

「誰にも見つかるなよ。いいな」

何事もなければ、勝利が決まった瞬間に、好きだと言ってしまいたかった。

人目がなければ、キスもしてしまいたかった。

けれど、それは叶わない。そんな残酷なときを迎えることになった。

『駿ちゃん…』

そうして伊万里は全校生徒が盛り上がっていた体育館での祝賀会を抜け、月明かりだけが差し込む聖堂で一つの決意を告げた。

「ごめん、駿ちゃん。やっぱり、俺…。駿ちゃんの気持ちには、応《こた》えられない」

「────渉？」

「あれからたくさん、考えた。俺の好きって、駿ちゃんの言う好きと、一緒かな？　って」

驚く駿介に目も合わせられないまま、この日のために用意してきた言葉を、淡々と告げた。

「一生傍にいる意味とか、キス────する意味とか。でも、たくさん考えたら、一生傍にいる、近くにいるってことには、抵抗ないけど…。キスって、違うって思った」

このとき伊万里は、駿介に嘘をつき続けることに、限界を感じていた。

「渉…」

「俺がキスしたい人って、駿ちゃんじゃないって…、思ったから」

この先も嘘をつき続けながら、穢れた自分を偽りながら、駿介への思いを抱き続けることにも、限界を感じていた。

「ごめんなさい――――。俺、駿ちゃんのことは好きだけど、大好きだけど、キスはできない。そういう好きじゃ、ないみたい」

本当のことは、死んでも口にしたくなかった。生涯誰にも、言いたくなかった。知られたくなかった。それが駿介ならば、なおのこと。伊万里は駿介に知られるぐらいなら、死んだほうがマシだと思っていた。

「そっか…。そう、なのか」

「ん…。ごめんなさい」

やるせない表情をした駿介を見た瞬間。いっそあのとき死んでしまえばよかった、あのまま、電車にでも飛び込んでしまえばよかったと真剣に思ったほど、伊万里は自らの肉体に嫌悪を覚えていた。

恥辱にまみれ、陵辱されたわが身が、伊万里を犯した男たちほど呪《のろ》わしかった。

「――――…っ馬鹿っ。謝るなよ。謝られたら、なんか…、余計に俺がみっともないじゃねぇか。惨め…じゃねぇか」

駿介は、血を吐くような思いで口にした伊万里の言葉を、このときも疑わなかった。

「駿ちゃん」

「別に、お前が悪いわけじゃないよ。確かに、好きって気持ちには、イロイロあって。一緒にいたいって気持ちにも、たくさん種類があって…。それが、同じじゃなかったって言われたら、しようがねぇかっ…としか、言えねぇもん」

伊万里が自分に嘘をつくことなど、考えたこともなかったのだろう。

「俺の好きは、キスしたいとか…。ぶっちゃけ、渉を抱きてぇっていう、不届きな好きだから。渉に、俺はそうじゃないって、俺がそういう相手じゃないって言われたら。変なこと言ってごめんなって、悪かったたって、こっちが謝んなきゃいけねぇことだからさ」

好きだからこそ、本当のことを言った。申し訳なさそうに言った。

そう、どこまでも真っ直ぐに、受け止めたのだろう。

『――――駿ちゃん』

「ごめんな、渉。でもって、ありがとうな」

だから、駿介は伊万里が返事をし終えると、その顔に必死に笑顔をつくった。

「え？」

「お前、俺に気を使ってくれてたんだろう。大会中だから…、俺に気を使って、こんな答えだって、全然気付かせないように、頑張ってくれてたんだろう？」

伊万里に今以上の負担をかけまいと、優しく笑った。

「駿ちゃん」

「本当に、優しいよな、お前って」

「駿ちゃん!!」

伊万里は心臓が潰れてしまいそうだった。

『駿ちゃん…っ。ごめんなさい』

いっそこの場で握り潰《つぶ》せるものなら、潰したい。息を止め、鼓動を止め、生命さえも止めてしまいたいほどの苦痛に苛まれながらも、駿介への思いにピリオドを打った。

『―――っ…っ、駿ちゃんっ…っ』

人知れず涙をこぼすことで、伊万里は初恋に別れを告げた。


「駿介、どうしたんだよ。気味が悪いぐらい、絶好調じゃないか。なんかあったのか?」

それでも、甲子園は目の前に迫っていた。

「別に。これが俺様の実力だよ。舞台がデカくなるほど、力が湧いてくるタイプなんだよ」

「駿介…?」

「何、変な顔してんだよ、孝利《たかとし》。エースが絶好調で気味悪いって、失礼だぞ、お前。お前は、俺が選んだ女房役なんだから、安心してドンとミット構えとけよ。そうじゃねぇと離婚だぞ、離婚。甲子園行く前に、三行半《みくだりはん》書いてやるぞ! やっぱりキャッチャーはキャプテンの方がいいみたい~って」

駿介は何事もなかったように、マウンドに立ち続けていた。

「なっ、わかったよ!! 変に心配した俺が、馬鹿だったよ。何が離婚だ。そもそもお前の奥方は、別人のくせして。重婚だってチクってやるぞ」

「は？」

その姿は、傷を隠しながらも、応援し続ける伊万里の姿に、どこか似ていた。

「なんでもねぇよ!!　俺はお前のピッチングに惚れて地元を捨ててきたんだ。この座は誰にもやらねぇよ！　さあ、もういっちょ来い!!」

「おう!!」

自分が傷を晒せば、周りが心配する。駿介をふった伊万里が、一番傷つく。

まるでそう言わんばかりに、駿介は駿介で野球に打ち込むこと、練習に打ち込むことで、伊万里への思いと好きの意味を、変えていこうとしていた。

「好きです、先輩。伊万里先輩とのことはわかってます。でも、言うだけは言いたくて」

ただ、そんな駿介と伊万里のこれまでになかった距離感は、自然に周囲の者を動かした。

「何勘違いしてんだよ。俺と渉は、ただの幼馴染みだよ。別に、そういうんじゃねぇよ」

「え!?　本当ですか!?　お付き合いしてるとかじゃ、ないんですか？」

特に、駿介に対しては言動を控えていた者たちに、思いがけない行動を取らせた。

「ないない。ったく、しようがねぇな、この学校の連中は。男が二人連れ立ってりゃ、そういう誤解ばっかりでよ」

駿介は、こんな告白を受けるたびに、笑って流していた。

「――――じゃあ、先輩!!　俺と、俺と付き合ってもらえませんか!?　お願いします」

「っ、だけど、それとこれは別だって。俺は、そういう気分じゃねぇから。今は、甲子園のことだけで、頭いっぱいだから」

「…っ、すみません。そうですよね。ごめんなさい」

相手のことも、必ずといっていいほど確かめられる伊万里のことも、なんでもないように躱《かわ》して、流し続けていた。

「でも、俺待ってますから。先輩に気持ちの余裕ができて、そういうことが、少しでも考えられるようになるまで、待ってますから。だから、甲子園頑張ってくださいね!!」

「――――…待つなって。めげない奴が、多いな〜、んとに」

『駿ちゃん…』

伊万里は、ときおりそんなシーンを目の当たりにすると、無意識のうちに胸を押さえた。

『可愛い子。元気そうで、ハキハキしてて、駿ちゃんのことしか、見えてないんだろうな』

湧き起こる嫉妬に苛まれ、時には自らの腕に爪《つめ》を立てては、ジャージの下に隠された肌に、傷もつけた。白い肌に血が滲《にじ》むほど、傷をつけ続けた。

『それこそ駿ちゃんがキスしたいって言ったら、泣いて喜んじゃう。たとえ抱きたいとかって過激なこと言っても、嬉しいって…、素直に言っちゃうんだろうな』

「マリア! 練習日程のことだけど、ちょっといいか?」

「はい、キャプテン」

それでも、常に人目があるのは駿介だけではなかった。

『―――マリア。そう呼ばれるのが、辛い』

誰かが何かの思いで、その姿を目で追うのは、伊万里も一緒だった。

「ん？　顔色がよくないな。夏バテか？」

「いえ、大丈夫です。ほら、俺もともと顔が青白いから。それで、そう見えちゃうんですよ」

だから、伊万里も笑い続けた。結局その後も、自分が抱える苦悩を、笑顔で偽り続けた。

「そりゃ、青白いっていうんじゃなくて、色白だろう。だからこその、純白のマリア。我が野球部の、いや東都のマドンナだもんな」

「キャプテン」

いつの間にか固められていた、伊万里渉のイメージを守り。

『以前と同じように見られるのが、辛い』

誰もが求め、喜ぶ野球部のマネージャーを守り。

『俺は、俺はもう、以前の俺じゃ…ないのに』

穢れを知らない純白のマリア。東都という、世間からは隔離された学び舎のマドンナの一人として、無意識のうちにその役割に徹していた。

『顔もわからない男たちに汚された、穢された奴なのに』

ただ、そんな伊万里だっただけに、その後に駿介が突然起こした傷害事件がなければ、生涯人前で泣くことはなかったかもしれなかった。

「大変だ!!　駿介が、駿介が!!」

「――――え⁉　駿ちゃんが警察に捕まった⁉　外出中に他校の不良に絡まれて…。喧嘩になって、相手が出してきたナイフで…、相手を刺した⁉」

不可解な駿介の言動がなければ、人前で感情を露《あらわ》にすることも、声を上げて叫ぶことも、なかったかもしれなかった。

「どうして？　なんで？　そんなことに…」

それほど駿介が起こした予期せぬ事件は、伊万里のすべてを覆《くつがえ》した。

「でも、それって正当防衛なんでしょ⁉　駿ちゃんが悪いわけじゃないんでしょ⁉　流一さん」

駿介自身の運命のみならず、野球部の運命も、東都の運命も、そして駿介の家族の運命さえも、一瞬にして覆した。

「状況だけ聞けば、そのはずなんだけど。でも、駿介は二度刺したそうなんだ。一度なら弾みだろうが、刺されて倒れた相手に。許してくれと叫んだ相手に…、二度目を刺したというんだ」

「駿ちゃんが⁉」

あまりに短い夏だった。

「しかも、あいつ…。警察の事情聴取で、殺意があったって。その瞬間は相手を殺してやりたかった、だから刺したって…、自供したっていうんだ」

「そんな…。そんな…、どうして？」

「わからない‼　ただ、相手は準々決勝でうちが破った高校の悪連中《ワル》で、駿介の顔や素性もわかっていて。それで、かなりひどい絡み方をしたっていうか、因縁《いんねん》をつけたのは確かみたいなんだけど…。それでも、あの駿介が誰かに殺意を持つなんて。許しを請うた相手に対して、追い討ちをかけるなんて…、俺には信じられなくて。駿介のしたこととは、思えなくて」

　あまりにいろいろなことが起こりすぎた夏だった。

「ただ、少年犯罪を専門に扱ってる先輩なんかは、今の駿介の立場なら、すでにいろんなプレッシャーを抱えていた。それを一人で悩んで、我慢し続けてきて。そんなときに、こんな事件になってしまったものだから、一時的に感情が逆立って、そう口走ってしまったのかもしれないって。場合によっては、警察からの容赦のない取り調べのために、自暴自棄としか思えないような自供を、してしまったのかもしれないとは言っていたが…」

　そして伊万里にとっては、かけがえのない者をなくした夏だった。

「なんにしても、相手が一命を取り留めているのは、不幸中の幸いだ。どこにどんなきっかけがあったにしても、誰一人として障害を残すような重傷を負ってないのが、せめてもの救いだ。もちろん、こうなると身体の傷がどうこうっていう話だけじゃないけど。それでも、刺してしまった駿介には、この事実が一番大事なことになるはずだから――――」

　自身の貞操より何より大事な、朱雀駿介を失った夏だった。

「駿ちゃん」


「駿ちゃんっ!!」

久しく見ていなかった夢に悲鳴を上げると、伊万里は自分が上げた声に驚き、目を覚ました。

『夢————…?』

全身の震えが止まらない。伊万里は東都を甲子園へと導いたその手に、甲子園を制覇すると言われていた駿介の両手に手錠が嵌《は》められた姿を思い起こすと、湧き起こる疑問と無念さから涙が溢れ、震えの止まらない身体を自分自身で抱きしめた。

『駿ちゃ————、えっ!?』

しかし、その瞬間。伊万里は自分が全裸にされていることに気付くと、その驚きから身体の震えさえ止まった。

「気がついたか」

「————…!?」

かけられた声のほうへと振り向き、自分がベッドの上に横たわっている、それも、見たこともない立派な日本家屋の一室にいることに唖然《あぜん》としてしまうと、声も出せないまま上体だけを起こした。

「相変わらず、軟弱だな。あの程度で倒れてたら、俺の相手は務まらないぞ。っていうか、仕事だって、もたないだろうに。ハードワークなんだろう? 大学病院の医者ってよ」

駿介は、そんな伊万里を見ながら、笑っていた。

きっちりと着込まれた漆黒の上着を脱ぐと、ベッド脇《わき》に置かれたソファへと投げ捨てた。

『ここは、もしかして…駿ちゃんの部屋? 今の、住居なの?』

どことなしか駿介の緊張が、先ほどよりも緩んで見えた。何も気にせず、上着のあとにはネクタイを外し、シャツも脱いでいる。その仕草から、伊万里はこの部屋が駿介のもので、ホテルや旅館ではないことを、暗黙のうちに察した。

「っ…っ!!」

しかし、察したあとには、驚くような現実を更に目にして、伊万里は息を詰まらせた。

「どうした?」

すべてを脱ぎ捨てた駿介が、振り返る。

『牙《きば》を剝《む》く虎《とら》の目を抉《えぐ》る、鳳凰《ほうおう》…? これ、刺青《いれずみ》!?』

言葉もないまま、伊万里はベッドの上で、後ずさりをした。

「ああ、これか」

駿介は、伊万里の怯えの意味を悟ってか、自分の肩に視線を流した。

「けっこう様になってるだろう? ってか、身体の奥から、震えが走るだろう」

その広く、頑丈な背だけではない。駿介の身体に彫り込まれた日本画のような刺青は、彼の肩から二の腕、硬く絞まった尻のあたりまで描かれ、目にしたものの視線を釘付《くぎづ》けにした。

「こいつを見ただけで、濡れた女は山ほどいた。俺が欲しくて、われを忘れて誘う女も、山ほどいたからな」

紅蓮《ぐれん》の炎にも見える渦潮の中で戦う虎と鳳凰は、しかも、獰猛《どうもう》な虎の目さえ鋭い爪で抉る不死鳥の姿は、鬼気迫るものがあり、恐れながらも視線が逸らせなかった伊万里の白い肌に、鳥肌さえ立てさせた。

「ほら、お前も直《じか》に触ってみろよ。俺の鳳凰に」

「やっ!! 離して!!」

駿介がベッドに腰掛け、腕を伸ばすと、伊万里は逃げ遅れたウサギのように声も何も震わせた。

「何、びびってんだよ。あんなマンモス医大の医師のくせして、こういう身体の患者ぐらい、診《み》たことあんだろう?」

「いやっ!!」

何一つ隠すものがない。裸体で裸体を抱き寄せられたにもかかわらず、羞恥心《しゅうちしん》さえ感じないほどの怖気《おぞけ》が先立つと、伊万里はか細い声を上げながら、駿介の腕から逃れようと必死に足掻《あが》いた。

「ちっ。相変わらずだな。すっかり成熟して、見た目は十分大人だっていうのに、嫌がる仕草は昔のまんまだ。嫌味もなく可愛いと思わせる、純白のマリアのまんまだな」

大人と赤子ほど違う肉体に囚われながらも、伊万里は懇願するように頭を振り続けた。

力では到底敵《かな》わない。

「そんなことより、ここはどこなの? 俺、火葬場に行かなきゃ」

「渉」

「お願い…。俺、流一さんのとこ、行かなきゃ…。ちゃんと、最後まで見届けなきゃ…。だから、今すぐ俺を帰して。俺の服…どこ?」

「帰さねぇよ。そう言っただろう」

しかし、そんな伊万里の願いも空《むな》しく、駿介は伊万里の身体を抱きしめると、そのままベッドへと組み伏せた。

「駿ちゃん？」

「お前は今日からここで暮らすんだ。俺だけを愛して、俺のためだけに生きて、こうやって毎日俺に抱かれて、それが幸せだって、心から思うようになるんだよ」

怯える伊万里の身体に身体を重ねると、その華奢な下肢に鋼のような下肢を絡ませ、高ぶり始めたペニスを擦りつけた。

「駿ちゃん!!」

駿介の熱棒で自身を擦られ、伊万里はようやく頬に赤みが差した。

「ほら、わかるだろう？　俺のが熱くなって、お前を欲しがってる。今日こそ手に入れてやるぞって、こんなに息巻いてる」

抵抗するも両脚を割られ、開かれて、伊万里は重なり合った身体の節々から、駿介の欲望を感じとった。

「やっ!!」

「やじゃねぇよ。ほら、今更ぶるなって」

震えるペニスを痛いほど摑まれ、しごき上げられた。

「いやっ、痛いっ!!」

堪えきれずに振り回した伊万里の利き手が、駿介の頬を捕らえる。

「いい加減に逆らうな!!」

「っ!!」

叩《たた》いてしまった途端に怒鳴られ、全身が竦《すく》む。

『――――っ、怖い』

「おとなしくしていれば、むごいことはしない」

その後、伊万里はどれほど駿介が静かに言葉を発しても、自ら硬くした身体を緩めることはなかった。

「素直に言うことを聞いていれば、優しくもしてやる」

どれほど優しく、甘く囁《ささや》いても、心も身体も頑《かたく》なに閉じたままだった。

「だから、俺を欲しがれ」

それでも駿介の手は、伊万里の白い頬を包み込むようにして、何度も何度も撫でつけた。

「どこの誰より、俺だけを欲しがれ」

唇や舌先は、親猫が子猫を愛するように、その手のあとを丁寧に追った。

「俺はお前のものだ。お前だけのものだ。あの男とは違う。違うからな――――」

駿介の舌が、伊万里の肌に絡みつく。

『駿ちゃんっ』

伊万里は身体を硬くしながらも、駿介の愛撫に身を震わせた。

「あ…っ。いやっ…っ。いやっ」

その唇が躊躇うこともなく下肢へと下り、開いた股間に到達すると、羞恥に駆られて手元にあった枕《まくら》の端にしがみついた。

「何がいやだ。先が濡れてきたぞ」

クククッと意地悪く笑ったかと思うと、駿介の指の腹が、亀頭を撫でた。

「こんなに身体を震わせてても、お前は感じるんだな。ちゃんと反応して…。ずいぶん、いやらしく育てられたもんだ」

ぬるりとした感触を撫で広げるようにして、尿道から括《くび》れを擦られる。

「っ、ぁっ!!」

ビリビリとした感覚が芯《しん》から身体の隅々に走り、伊万里の呼吸が一際荒くなると、駿介は撫でつけていたペニスをそのまま口に含んだ。

「やめてっ、お願いっ」

包み込まれた先から湧き起こる快感に、伊万里は震えながら懇願した。

「いやっ…っ、やめて…っ」

しかし、蘇る惨劇を振り払うように脚を閉じても、それはすぐに力で返された。

欲望が口内で膨らむにつれて、駿介の唇淫《しんいん》も激しさを増す。

「怖いっ、怖いからやめて――――っ」

すべてを攫うような大きな波が、幾度か伊万里に訪れた。

「死んじゃう…っ。死んじゃうから、やめて駿ちゃんっ!!」

わが身を包む悦楽と同じほどの嫌悪感から、たまらず伊万里は悲鳴を上げる。

「何が死んじゃうだ。こんなに感じてるくせに。今にもイキそうなほど、感じてるくせに」

だが、それは欲望に邁進《まいしん》する男にとっては、極上なエッセンス、たんなる興奮剤にしか過ぎなくて、伊万里は激しさを増すばかりの愛撫に、その後も身悶《みもだ》えた。

「ほら。遠慮せずに、とっととイケよ。もう、限界だろう？」

「――――っゃっ」

精神で悦楽を拒みながらも肉体では応じてしまい、駿介の口内に白濁を漏らすと、全身が得た快感と同じほどの罪悪感に苛まれた。

「んっ」

と、下肢で喉を鳴らした音がした。

駿介は伊万里が放った欲望を、そのままゴクリと飲み下した。

「はぁっ…っ、はぁっ…っ。ぅっ…っ」

伊万里は肩と胸で呼吸を荒らげながらも、たまりかねて泣き伏した。

「何、泣いてんだよ。もっともっとイカせてほしいって、気持ちよくしてほしいって、身体のほうは、せがんでるぞ」

それでも駿介は、身を硬くしたままの伊万里の陰部に唇を這《は》わせ、舌を這わせ続けた。

「さすがに病人相手じゃ、間は空いてたみたいだな。ここが狭くてキツキツだ。入り口を指で探ったぐらいじゃや、全然緩くならねぇ」

一度達して力尽きたペニスにキスをし、その裏側から陰嚢を舌先で転がすと、最後は唾液で濡らした後孔を突き、舌先で探ると同時に親指の腹を這わせてきた。

「まるで、処女同然だ」

無情な言葉と共に、頑丈なそれが、ズブリと入り込む。

「――――やあっ!!」

入り口から中の襞《ひだ》を確かめるように、徐々に奥へと潜り込む。

「ほら、観念しろって。思いきりよくして、啼《な》かせてやるから」

「ひっ!!」

開かれた脚を閉じることも、押し込まれた指を追い出すこともできない。

「もっともっとってせがむように、仕込んでやるから」

「痛いっ!!　いやっ!!　ぁあっ」

伊万里は、容赦なく中をかき回す駿介の指一本に翻弄《ほんろう》されるまま、一度は力尽きたペニスを膨らませ、何かに操られるようにして二度目のエクスタシーへ達していった。

「あ――――っ」

悦《よろこ》びと感じるには程遠い、胸が痛むばかりの絶頂に、苦痛の声を漏らし続けた。

「はぁっ…っ、はぁっ…っ」

けれど、それでも硬く力の入った肉体が否応なしに脱力していくと、駿介は身体を起こして、広げた脚の片方を持ち上げた。

「渉――――、これが俺だ」

唇ほど可憐《かれん》に色づいた後孔に、その肉体ほど逞《たくま》しい男根を押し当てた。

「いやっ!!　もう、やめて!!」

あの日、屈辱と恐怖の中で、声にできないまま上げ続けた悲鳴が、室内に響く。

「鳳山駿介だ」

伊万里が受けた過去の痛みさえ、わからなくしてしまう痛みが、駿介によって与えられる。

「この身体できっちりと、覚えておけ」

「駿ちゃんっ」

駿介は、ペニスの先を力で伊万里の中へと押し込むと、前身を倒して暴れる身体を抱きしめた。

「今日からお前が欲しがっていいのは、俺だけだからな」

「やめて、駿ちゃん」

華奢な身体を雁字搦《がんじがら》めにすると、猛《たけ》り狂った熱棒を一気に奥へと差し込んだ。

「いや――――っっっ!!」

伊万里の身体を引き裂きながらも、駿介は欲望のすべてを中へと押し込めた。

「渉っ…」

『こんなの、駿ちゃんじゃないっ』

限界まで突き入れると半ばまで引き、再び押し入ると伊万里の身体を壊さんばかりに、荒々しい抽挿《ちゅうそう》をし始めた。

『俺が好きだった、駿ちゃんじゃない』

身体が大きく揺れるたびに、激しい衝撃と激痛が、伊万里を襲う。

『やっぱり、もう…昔の、俺が好きだった駿ちゃんは、いないんだ』

何か、どこかに助けを求めたくて、駿介の身体を押しのける手に力が籠《こも》る。絶望の中ですべてを拒絶しているにもかかわらず、その手は激しい性交の中で、いつしか広い背に回った。

「きつかったら、いくらでも…しがみつけ。俺の背中に爪を立てろ」

すると、呼吸を荒くしながらも、耳元で駿介がつぶやいた。

「俺の背にいるのは、不死鳥だ。お前がつけた傷程度じゃ、ビクリともしねぇ」

伊万里は言われるまでもなく、爪を立てていた。が、その言葉を後押しに、やり場のない怒りや恐怖のすべてを、爪の先に込めた。

「むしろ、痛むほどに、力強さを増すかもしれねぇ。渉の快感を刻み込んで、より高く羽ばたくかもしれねぇからな――――」

逃がしても、逃がしても湧き起こる快感から、駿介の背に羽ばたく鳳凰の翼をむしるように、深々と爪を食い込ませていく。

「っ…んんっ」

肌から肌に感じる駿介の温《ぬく》もりは、激しさを増す陵辱の中で、伊万里に切なさだけを残した。

『俺の駿ちゃんは、きっとあのときから、いなくなってたんだ』

貪るような口付けと愛撫、胸から胸に響く鼓動は、いつしかやるせなさだけを生み出した。

『俺が拒んだあのときから、もう…きっと――――』

自分を傷つけ、追い詰めるだけのセックスなど、憎んで憎んで憎めばいい。

無垢な身体を蝕《むしば》み、精神を壊す男など、恨んで恨んで恨めばいい。

「渉…っ」

なのに、鼓膜に響く吐息と懐かしさばかりがこみ上げる声が、伊万里を惑わし、翻弄した。

途切れることなく送り込まれる激情が、いつしかそんな感情さえも忘れさせた。

「っぁ…っ、っぁぁ」

その日、伊万里は、時の流れがわからなくなるほど、駿介に抱かれた。

「渉」

「はぁっ…、はぁっ」

どこで空に浮かぶ太陽が、月に変わったのだろう？

月さえ姿を消して、再び太陽が昇ったのだろう？

『駿ちゃんっ…っ。駿――――ちゃ…ん』

時間も日にちもわからなくなる。それほどがむしゃらに抱かれると、伊万里は駿介の広い背に、数えきれないほどの深い爪あとを残し続けた。

3

伊万里は何度目かに迎えた絶頂のあと、意識を失ったまま泥のように眠りについた。

『渉――――もう、離さないからな』

これほど深い眠りは、何年ぶりだろうか？　夢のかけらさえ見ることもなく、伊万里は自分を陵辱し続けた男の腕の中で、ぐっすりと眠った。瞼を閉じて、小さな寝息を立て続けていた。

「大変だ!!　誰か来てくれ!!」

「――――!?」

が、そんな眠りが突然壊されたのは、部屋の外からやけに焦る男の声が響いたときだった。

「なんだ？」

駿介は伊万里の頭の下から腕を引き抜くと、そのままベッドを抜け出し、ソファに放り出されていた浴衣と帯を摑んだ。それを着込むと同時に、床の間に飾られた日本刀に手を伸ばし、

「おい、どうした？　なんの騒ぎだ？」

部屋の襖《ふすま》を開けたときには、その顔つきどころか声色にさえも、緊張と警戒心が漲《みなぎ》っていた。

「駿介さん!!　お寝《やす》みのところ、申し訳ありません。石《いし》の奴が、突然苦しみ始めたとかで」

「何!?」

が、その張り詰めたものは、一瞬にして驚きに変わった。

「でも、きっと大したことはないと思うので、私たちで見ますから。駿介さんは、どうかお休み

になっていてください。お連れさんもまだ寝ていらっしゃるでしょうから」

伊万里は聞こえてくる会話に自然と身体を起こすと、あたりを見回し、ベッドを下りた。

「っ、そうか？」

「はい」

そして、目についた駿介のシャツだけを手にすると、おぼつかない足取りで駿介のところまで歩く。

「――――っ、待って。俺を、俺を…、その倒れた人のところまで案内してください」

「え!?」

掛けられた声と共に背中を掴まれ、駿介は身体をビクリとさせながらも振り向いた。

「俺は…。東都医大の内科医です。その、苦しんでいるという患者さんを診ますから、すぐに連れて行ってください」

しかし、啞然とした駿介を他所に、伊万里はシャツで胸元から下腹部までを隠しただけの姿で、廊下に立つ同じ年頃の男の顔を真剣に見上げていた。

「――――っ」

「馬鹿言え!!　お前は寝てろ。何のこのこ出てきてるんだ。しかも、そんなカッコで!!」

あまりのことに男は両目を見開き、駿介の頰は一気に赤くなる。

「でも」

「こいつも大したことないって、言ってるだろう!!」

駿介は、手にした日本刀を投げると同時に浴衣を脱ぐと、伊万里の身体にそれをかけた。散り急ぐ桜の花びらが舞ったような白い肌を、すぐさま傍にいた男の目から覆い隠した。

「でも、それは素人《しろうと》判断でしょ!! いいから、案内して」

「っ!!」

が、そのために、駿介が当然のように全裸になっているにもかかわらず、伊万里は柳眉《りゅうび》を吊《つ》り上げ、声を荒らげた。

「早く!! 診て、大したことがないなら、それに越したことはないじゃない。でも、診ないことには、わからないんだから、とにかく俺を案内してよ」

無理やり組みしかれて泣いていた者とは思えない。そんな剣幕で、駿介の腕を摑むと食ってかかった。

「こんな明け方に突然苦しむなんて、手遅れになってからじゃ遅いんだよ!!」

「――――っ、わかった。なら、文弥《ふみや》。先に渉を案内しろ。俺もすぐに行く」

予想外の展開。強い押しに負けてか、駿介は「文弥」と呼んだ男に、いったん伊万里を預けた。

「っ、はい!! では、すみませんが、こちらに」

文弥は利発そうな、それでいてクールな眼差しに躊躇いを浮かべながら了解をすると、それでも裸体に浴衣一枚を着込んだだけの伊万里から、視線を逸らして長い廊下を案内した。

「で、――――苦しみ始めたのは、いつからですか? 起き抜けですか? それとも、起きていたところで、そうなったんですか?」

伊万里は丈の長い浴衣を両手で摑むと、白い足首を覗かせて歩いた。

「たぶん、起き抜けかと…っ!! 苦しくなって目が覚めたんだと…っ!!」

文弥は、逸らしたはずの視界に、伊万里の華奢な身体の一部一部が飛び込んでくるたびに、視線の矛先を変えては、途中にあった置物に追突した。

「そうですか。わかりました。って…大丈夫ですか？ もしかして、目がお悪いんですか？」

「――――はぁ…、いいえ。ご心配なく」

「いざというときのために、コンタクトだけでなく、眼鏡も作っておいたほうがいいですよ。そうでないと、怪我《けが》をされてからでは遅いですから」

「は、はい」

そのために、不要な忠告を受けて、頭を抱えそうになった。

『両目とも2・0だって』

「あ、文弥の兄貴!!」

「石は？」

「今、若頭《わかがしら》が」

「寶月《ほうづき》が？ そうか」

そうして部屋にして三つか四つは越えただろうか？

伊万里は屋敷中の漢たちが集り、心配そうに様子を窺《うかが》う一室の前まで、たどり着いた。

「どうした、石。息苦しいのか？ どこか痛いのか？ 救急車呼ぶか？ あ!?」

十畳ほどの一室には、八組ほどの布団が敷かれており、その一角に問題の男は仰向《あおむ》けのまま大きな身体を震わせ、息も絶え絶えになって横たわっていた。

『――あれは？』

「あ、若頭。携帯酸素ボンベがあったんで、持ってきました」

と、眉《まゆ》を顰《ひそ》めた伊万里の脇を、一人の若い衆が通り抜けた。

「おう。寄こせ。ほら、石。少しは楽になるぞ――」

すると、周囲の者の中でも一際存在感を放つ厳《いか》つい漢、「若頭」と呼ばれた寶月（39）は、ビニール袋に入った缶を受け取ると、躊躇いもなくそれを取り出し、患者の口元へと吸い込み口を向けた。

「それはだめ!!　勝手に判断して、適当なことしないで!!」

伊万里は叫ぶと、慌てて屯《たむろ》する漢たちを掻《か》き分け、患者の傍へと寄っていった。

「なんだ、テメェは!?」

「いいから、どいて!!　俺は医師です」

手前にいた若い衆を押しのけ、患者の様子を確認する。

「あなた、聞こえますか？　無理か…。意識が朦朧としてる。――それに、これは…、この感じは…」

そうして、すぐさま「これだ」と思う診断をすると、あたりを見回し、携帯酸素が入っていたビニール袋のほうを手に取った。

「なっ、何しやがるんだ、テメェ!!」

「助けるに決まってるでしょ！　少し黙って!!」

「っ!?」

透明のそれを男の顔に覆いかぶせた。

「ううっ!!」

「我慢して!!」

しかも、顔を塞がれ暴れ始めた男を押さえ込むようにして、馬乗りになる。

「テメエ、苦しがってんじゃねぇかよ!!」

「この、アマっ!!」

さすがに周りの男も、これには伊万里の腕を掴み、胸倉を鷲摑《わしづか》みにして、どかしにかかった。

「あっ、待って。その方は、二代目の…」

「邪魔しないで!!　この人を助けたいなら、手を離して!!」

「っ!!」

が、そんな男たちを文弥が止める間もなく、伊万里は自分で屈強な男たちの腕を払った。

「これは、自分の吐き出す二酸化炭素を、吸わせてるだけだから。身体に悪いことはなにもしてないから。とにかく、助けたいなら、俺と一緒にこの人を押さえて!!　暴れて呼吸が乱れると、元も子もない。説明はあとでするから、今は一緒にこの人の身体を押さえてて!!」

「っ!!」

「…っ、はい」

それどころか、ひるむことのない眼差しを向けると、振り払った男たちの腕で、逆に暴れる患者の身体を押さえ込ませた。

「――――渉っ」

その様子に、浴衣を着込みなおして、駆けつけた駿介が呆然《ぼうぜん》とする。

「あ、駿介さん」

普段なら、滅多なことでは顔色を変えない文弥も、今日ばかりは困惑続きで駿介を見る。

「っ、――――ごめんなさい。怒鳴ってしまって。でも、これは酸欠じゃないんです。過換気症《かかんきしょう》。過呼吸症候群といって、過度に呼吸をしてしまうことから血中の二酸化炭素が減り、それで呼吸が乱れて、苦しくなるものなんです」

男の激しい呼吸音だけが響いていた室内に、伊万里のか細い声が加わる。

「だから、酸素吸入なんてしたら、まったくの逆効果で。こういうときには、本人が吐き出す二酸化炭素をこうして身体に戻してやる、吸いなおさせてやるのが、一番確かなんです。ほら、大分落ち着いてきたでしょ」

その穏やかで、やわらかな説明に導かれるように、男の呼吸が落ち着いてくる。

「あと、すみません。この方が着てた上着か、普段から持ってる手荷物とかありませんか？」

伊万里は、やっと正常に呼吸をし始めた男の顔からビニール袋を外すと、浴衣の裾《すそ》を乱して跨《また》いだ身体を下ろして、傍にいた若い男に問いかけた。

「は？」

「あったら、出してください。ポケットとかに、何か薬がないか、見たいので」

「薬!?」

「そうです。常備薬。多分、この方は何か常備薬を持っているんじゃないかと思うんです」

「――っ、本当だ。あった!!　スーツの内ポケットに、こんなもんが」

すると、会話を聞いていた別の男が、言われるままに行動したのか、錠剤を見つけ出す。

「これは――…。この方、もともと、心臓がお悪いんですね」

伊万里は薬を受け取ると、やっぱりという顔をした。

「え!?　心臓が悪い？」

「知ってたか？　基哲《もとあき》」

「いいえ、偏頭痛《へんずつう》持ちとしか、聞いてねぇっす。昔、闇討ちかけられた後遺症がどうこうって…、そんなことを笑って言ってたのは、覚えてますけど」

驚きを隠せない男たちが、顔を見合わせ、口々に言う。

「きっと、周りの方に心配をかけたくなかったんでしょう。あ、白湯《さゆ》かお水をお願いします」

そんな間も伊万里は、薬の種類を確かめると、十錠ほどあった中から二錠を手に取り出した。

「ここにある酒でも、いいっすか？」

「せっかくのお薬の効果を損なってしまいますので、どうかお薬は白湯かお水で」

こんなときだというのに、真面目《まじめ》に問われて苦笑する。

「基哲!!　とぼけたこと言ってねぇで、水持ってこい!!」

こうなると、舎弟《しゃてい》の無知さ加減が恥ずかしくなったのか、寳月までもが頬を赤らめた。

「っ、これ。持ってきました、どうぞ!!」

部屋の外から更に別の男が、水を持って駆けつける。

「ありがとうございます。ちょっと傍で、持っててください」

「はい」

そうして、ようやくコップ一杯の水が手元に来ると、伊万里は未だ意識が朦朧《もうろう》としている男の身体を、自分の胸に抱き起こした。

「自分でお飲みになれますか？」

「っ…っ」

「まだ無理みたいですね。ちょっと失礼します」

薬には手を伸ばすも、ままならない。そんな様子を察すると、伊万里は男の口に錠剤だけを含ませ、その後は自ら水を口に含んだ。

「え!?」

「あ!!」

「嘘っ!!」

『渉―――っ』

周囲の男たちを騒然とさせながらも、そのまま口に含んだ水を、男の口へと移した。

「んんっ」

男は多少身じろいだが、移された水分で、錠剤を飲み下す。

「大丈夫ですか？　うまく飲み込めましたか？」

小さくコクリと頷《うなず》くのを見届けると、伊万里はホッとしたように男の身体を床へと戻した。

「なら、これで、落ち着くといいんですけど…。あ、でも、大事を取って、病院には行ったほうがいいです。救急車は？　そういえば、救急車は呼んでますか？」

一通りの応急処置がすんで気が抜けたのか、伊万里は啞然としたまま眺めていた男たちに、微笑を漏らした。

「———っ、すみません。まだ、これからっす」

基哲は、酒瓶を抱えたまま、釣られたようにニッコリ笑う。

「なら、すぐに電話してください。落ち着いてきたので、これから急変することはないとは思いますが、かかりつけの医師がいるなら、診ていただくに限ります。そうでないなら、近くの病院に搬送してもらって、簡単な検査だけでもしていただいたほうが、後々安心ですので」

「はい♡」

そんな優秀な園児のような返事、聞いたこともない。そう言わんばかりに、駿介が顔を引きつらせると、文弥はますます笑うに笑えない状態へと陥った。

「ナイチンゲールだ」

「マザーテレサだ」

「地獄に天使が舞い降りたっす」

「やっぱAVで観《み》るナースとは、一味違いますね〜」

単純に感動している舎弟たちにも困ったものだが、

「文弥。奴ら、なんか言ったか？」

「いえ。空耳でしょう、空耳」

今にも横たわる男・石の胸倉を摑んで、振り回しそうな憤《いきどお》りを我慢しているようにしか見えない駿介には、文弥もどうしたものかと真剣に悩んだ。

「——それにしても、先生。なんで、石の奴が持病もちだって？　今ハァハァしてたのと、心臓がっていうのは、違う病気っすよね？」

しかし、そんな文弥や駿介の顔色も気にせず、病人を挟んでお近づきになろうという輩はあとを絶たなかった。

「あ、それは。過換気症を引き起こす原因として、肉体的なものと精神的なものの二通りあるんです。いずれにしても、精神的なストレスや大きなショックからパニック障害の一症状として発作を起こすことが大半なんですけど。でも、この時間ですし。お話をお聞きしたら、寝ていて急に発作を起こしたみたいでしたので、もともと何か持病があって、それが出たことでビックリされた。ビックリしたことで、こちらの発作を誘発してしまって、更にパニック？　みたいな感じだったのかなと。もちろん、よほどショックな夢でも見て？　なんてことも、考えましたけど…」

「なるほど。なるほどね〜。いや、すげぇ。感動したっす」

「世の中には、藪《やぶ》医者じゃねぇ医者も、いたんだなぁ」

「しかもこんな美人!! 倒れた石が羨ましいぜ♡」

伊万里はいつの間にか、鳳山組の若い衆に取り囲まれていた。

「ねぇねぇ先生。このさいだから、俺も一度診てくださいよ。急に胸がチクチクしてきたんで」

「え？」

「あ、俺も!!」

「俺もお願いします!!」

「ひっ!?」

だけならまだしも、突然着込んでいた寝巻き代わりの浴衣を次々と脱がれると、伊万里は駿介が背負う芸術的な鳳凰にさえショックを受けたのに、おどろおどろしい恐怖絵のようなそれらで視界のすべて埋められた。

『唐獅子《からじし》、髑髏《どくろ》、百鬼夜行《ひやっきやこう》？ 百足《むかで》に…、なっ、生首っ――――っ!?』

三秒後にはピクンと身体を引きつらせると、そのままぐったりと倒れてしまった。

「っ、先生!!」

「渉に触るな!!」

さすがにこれには、駿介も黙っていなかった。

「え？ 二代目？ いらしたんですか？」

「ってか、この美人女医さん、もしかして…」

「馬鹿野郎っ!! 何が美人女医だ。調子に乗って、そんな不気味なモンモンを、むやみに晒しやがって!! 面《つら》だけ見たって鬼ヶ島かと思うのに、テメェら一度雁首《がんくび》並べて、鏡を見ろや!!」

「ひぃっ!!」

「すんませんっ、組長!!」

すぐさま舎弟たちを蹴散《けち》らすと、その場に身を崩した伊万里を抱いて、軽く肩をゆすった。

「渉。渉? おい、大丈夫か? っ!!」

しかし、そうでなくとも肩の落ちた浴衣の合わせが乱れて、駿介は慌てて抱きしめる。

「あっ、あーあ。ショックで完全に白目を剝かれてますね。気付けにお酒でもお持ちしますか? まずは、お部屋に戻って、横にされたほうがいいと思いますが」

文弥は、とにかくこの場は伊万里を抱いた駿介に、退室を勧めた。

好奇心から覗こうとする舎弟たちを足蹴にすると、廊下までの通り道を空けさせた。

「っ、そうだな」

「───って、待ってくださいよ二代目。その女医さん、もしかして、組長の…ですか!? こんな、いかにもド素人の。しかも俺らのモンモン見ただけで、パタンっていっちゃうようなか弱いお嬢さんが、組長のイロなんですか!?」

「どこの箱入り娘を、攫ってきたんすよ。務まらないですよ、鳳山組二代目姐《あね》なんか」

「そうすっよ。変に入れ込む前に返したほうが、組長のためだと思いますぜ」

が、そんな駿介を、今度は舎弟たちが引き止める。

「誰がそんなこと言ったよ!!　こいつは、そういう奴じゃねぇよ。お前らの姐になんかさせねぇよ。第一、渉は男だ。どこ見てんだ、揃いも揃って」

「――――っ、男!?」

「あ、言われてみると胸がねぇ」

「男…。なのに、このお医者さんが、二代目の…!?　えーっ!?　組長いつから、そんな趣味!?」

「ってか、この美青年医師が本命なら、今までなぎ倒してきた女連中は、なんだったんすか!?　反乱が起こりますぜ、姐の座狙ってた、極妻候補から」

話がますます混線すると、文弥はとうとう頭を抱えて、その場にしゃがみこむ。

「うるせぇよ!!　いちいちくだらねぇこと、突っ込んでんじゃねぇ。とにかく、俺はこいつを見るから、石の救急車のほうは、テメェらだけでどうにかしとけよ」

駿介がぶち切れると、その後ろ姿には、寶月でさえも失笑してしまった。

「っ、はいっ」

「――――承知しました」

それでも、ここまで盛り上がった騒ぎが、収まることはそうそうない。

「って、本当かよ!?　二代目は正気か？　単車転がしてはしゃいでる、ジャリ共のマスコットじゃあるまいし。なんだよ、あの極道には不似合いな可憐さは」

「組長、マジにどっから誘拐してきたんだろう？」

「さあ…。もしかしたら、半世紀ぐらい前からかもしれないぞ。あの時代遅れな清楚《せいそ》さは、今時の生き物とは思えねぇしな」

「うーん。しかし、それがまたいい…♡」

「確かに…」

男たちは、駿介が伊万里を連れ去ったあとも、しばらくはこの話題で盛り上がった。

「けどよぉ。それはそれで、これはこれ。あの先生じゃ、二代目の連れは無理だろう⁉　このさい、性別のことは別にしても、度量的に合わねぇよ」

「だよな。組長は今や四神会でも、名の知れた暴れん坊将軍。関東連合の中でさえ、名前が定着し始めた精鋭組長だ。味方も多いが、敵も多い。常に危険と背中合わせの親分だしな」

茶化して終われるなら、それに越したことはない。が、彼らが彼らなりに真剣に心配しているので、文弥はその思いを汲《く》み取ると、一度は落とした肩を持ち上げた。

「お前ら、いい加減にしろ。見た目だけで判断して、失礼なことばっか言ってんじゃねぇよ」

曲げた膝を伸ばすと溜息《ためいき》交じりではあったが、その場でスッと立ち上がった。

「文弥さん」

「兄貴‼」

「渉さん…。見た目は心もとないけど、できた人じゃないか。さすがは駿介さんが惚《ほ》れこんだ人。健気で律儀で、真っ直ぐで。そうだろう？」

そうして、今はこれしか言えない。こうとしか言いようがないという口調で、文弥は伊万里に抱いた率直な感想を伝えた。

「それこそ叔父貴だって、生きてたら満面の笑みだ。場合によっては、ビタミン剤でも手にして、わざと倒れるフリぐらいするかもしれない。それぐらい、人を見た目や肩書きで差別をしない、精一杯診てくれる、立派なお医者さんじゃねぇかよ」

　男たちには、これで了解をしてくれ、納得してくれと、目配せもした。

「はぁ。しかし、だから逆に心配なんすけど。二代目に壊されそうで。いや、ぶっちゃけ、この鳳山組を狙う、あからさまに二代目を煙たがってる連中に、格好の標的にされそうで」

「そうですよ。なんか、場合によっては組長よりも、狙われるかもしれませんよ。さすがに、どんな下種《げす》でも、女子供にはそうそう手は出さねぇ。けど、先生はそこらの女より綺麗でも、男だから。子供でもない、成人男子だから。むしろ絶好の餌食《えじき》かなって…」

　正直言えば、文弥にだって苦言している彼らのような、不安はあった。

　駿介が予告もなしに取った行動。突然昨日になって、一般人としか思えない伊万里をここに連れ帰ったことには、ただただ驚かされていた。

「そりゃ、駿介さん自身が、百も承知だろう。あんな見るからに畑違いの人を選んできた、自分の傍に連れてきたってことは、それなりに覚悟もあるってことだろう…」

　だが、そんな胸中を明らかにした上で、文弥はこの現実を受け入れた。だから、お前らも受け入れろ。駿介が決めたことには黙って従えと、言い放った。

「この世界で生きて、守り抜く。その決意がなきゃ、とうていできない無茶だろうからよ」

文弥にとって、この鳳山組は、まだまだ代替わりをして間がない組織だけに、些細《ささい》なトラブルや混乱は、避けたいものだった。

と同時に、何をおいても守るべき者の存在と順序だけは、常に明確にしておかなければ、決めておかなければ、ならないものだった。そうでなければ、五十人を超える荒くれ漢たちの統率を取るのは難しい。駿介が何をどう思っていたところで、連れてこられた伊万里の位置づけだけは、はっきりしておかなければ、守りようもない。

目の前の者たちにも、守らせようもないのだから――――。

「そらそうだ。文弥の言う通りだ。本当なら、一番大事な人ほど、傍には置かねぇ。むしろ、自分から身を引くだろうって人なのに。それを曲げてまで、連れてきた。俺らの前に、晒したんだから。二代目を継ぐときと同じほどの腹をくくって、この家の敷居を跨がせたんだろうよ」

と、そんな文弥の胸中を悟ってか、普段は口数の少ない寶月が、珍しく口を開いた。

「そう言われると、確かにそうでしたね。決めるときには、スパン…って、人でしたね」

「ああ。そういう漢だからこそ、先代が見込んだ。この組と俺らを丸ごと預けた。鳳山組の二代目。鳳山駿介だからな」

「ああ。それが、鳳山駿介。俺たち鳳山組の二代目だ」

舎弟たちに対し、ここの主が誰なのかを今一度刷り込むように、文弥の言葉をそれとなくフォローした。

『寶月…』

先代の甥《おい》である文弥に、養子の駿介。そして長年先代の片腕として勤めてきた若頭の寶月は、いい意味での好敵手同士だった。それぞれがそれぞれに力のある漢だけに、先代が死んだときには、誰があとを継ぐのか、舎弟内で争いになりかけたほど。外部からも、これ見よがしにちゃちゃが入りかけたほど、誰が頭に立っても不思議がない、そういう力の持ち主たちだった。

「――――ってことで、このさいだからお前たちも心しとけよ。二代目がどう言おうが、傍に置く限り、渉さんに危険は伴《ともな》う。姐の肩書きうんぬんは抜きにしても、今後はそういうつもりで常に注意する。守っていくに、越したことはないからな」

が、それだけに、ここで争うわけにはいかない、組を分裂させるわけにもいかないと、結果的には文弥と寶月が結託をし、一番そのつもりのなかった駿介を担ぎ上げた。

もしかしたら、まだまだ普通の男に戻ったかもしれない、戻れたかもしれない男を、自分たちは策略を持って、二度と後戻りのできない位置へと祭り上げた。二人が命を懸けてもいい。預けてもいいと同意できたのが、ただ一人の漢・鳳山駿介だけだったから。

「はいっ」

「わかりました」

「頼むぞ」

それだけに、文弥は生涯駿介に仕えること。守り、支えることを、己の使命としていた。

そして、それは寶月も同様だった。

『そう。そんな肩書きなんかなくとも、あの人は目立ちすぎる。人として、生身の生き物として、生まれたままの姿が、繊細で綺麗すぎる』

だからこそ、二人は即日のうちに、伊万里を組に受け入れることを納得した。

駿介の心の支えとして、守るべき者だということも了解した。

『相反する世界に生きてきた雄どもには、目の毒だ。いや…普通の雄どもに対してさえも、自然と欲しいと思わせる。何気ない仕草だけで、妙な欲望を掻き立てるところがある分、男慣れした娼婦よりも、始末に悪い。あの白い肌は、下手な媚薬《びやく》より、よほど危険だ』

ただ、いつかはそんな者が現れるとは思っていたが、文弥や寶月にとっても、伊万里は意表をつきすぎた者だった。

『ま、だからこそ二代目も、渉さんを連れてきた。どこにいても危険なら、いっそと思ってここまで連れてきたのかもしれないが――――。なんにしても、この馬鹿どものはしゃぎっぷりを抑えるのが、しばらくは大変だ』

特に、友としても長年付き合ってきた。駿介の好みを理解していたつもりだった文弥にとっては、伊万里はあまりに想像外の生き物だった。

『やっぱり男でも女でも美人は癒《いや》しだ。極上の和みだからな』

人としては綺麗すぎる。可憐で、悩ましいまでの存在だった。

自分の存在が、こんなところで波紋をつくる。縁もゆかりもないと思っていた、極道の世界で議題になる。よもや、そんなことになろうとは思っていなかった伊万里が次に目を覚ましたのは、太陽が東の空から真上に向かう、昼前のことだった。

「二代目。ただ今、磐田《いわた》会の鬼塚《おにづか》総代のところから、連絡が入りました。磐田会系久岡《ひさおか》組の二代目が、先代のご子息・慶治《けいじ》さんに正式に決まり、近々襲名披露をするそうです。つきましては、お披露目の席を設けたいので、後日お越しいただければ…と」

「———襲名披露？　わかった。喜んで駆けつけると、伝えておけ」

「はい」

目覚めたときから伊万里の耳には、ひっきりなしにこんな会話が聞こえていた。

「組長。よろしいですか」

「なんだ？」

「四神会の兄弟のところから、播磨《はりま》組の連中が、また懲《こ》りもせずに水面化で動きだしたという情報を小耳に挟んだもので」

「播磨？　ヤクの次はなんだ？　今度は何を西から東に。いや、全国に流そうっていうんだ？」

「いえ、詳しくはまだ」

「なら、今のうちに、神戸《こうべ》に誰かやれ。奴らの地元で、直に探りを入れさせろ。あ、ただし、行かせる奴には、くれぐれも用心するように言えよ」

「はい」

その内容は、聞けばおよその見当がつくものから、まったく理解できないもの、想像してもわからないものまで、かなりバラエティーに富んでいた。

しかし、伊万里は内容を問わず、耳に入る会話のすべてを、理解しようとした。

そうすることで、どうにか今の駿介を、知ろう思った。

「ところで、二代目は磐田の鬼塚総代とは、仲がよろしいんでしたよね。表立っては、あまりお付き合いはされていないようですが…。どちらかといえば、個人的に」

「ああ。死んだおやっさんと、磐田の総長が、幼馴染みだったんだ。それで、最初に引き合わされたときの場が、個人的なもので…。だからか、自然にそうなった」

「類は友を呼んだんですかね？　鬼塚総代のイロも、ぴちぴちの元気少年だっていうし」

「は？」

「いえ、こっちの話です。すぐに、人の手配をいたしますんで、失礼します」

「――――頼んだぞ」

きっと、どこかに伊万里の知る駿介がいる。昔のままの駿介がいるに違いないと思い、伊万里はベッドの中で、耳を傾け続けていた。

『磐田組。関東でも五指に入る、やくざ組織。俺みたいな一般人でも、その名前ぐらいは知っている、そういう極道だ』

だが、そんな期待は悉《ことごと》く覆された。

『そんな組の人と、しかも上にいるんだろうなって人と、今の駿ちゃんは顔見知りなんだ。そういう人たちと、本当に同じ世界にいるんだ』

これを裏切られたといったら、ただの八つ当たりになるだろう。だが、伊万里は何一つ昔と重なることのない駿介ばかりを実感すると、顔を伏せた枕をしっとりと濡らした。

『太陽の下で、汗だくになってた。真っ黒に日焼けして、ボールを投げ続けていた駿ちゃんは、もう…別の世界の人なんだな。同じだと思っちゃ、いけないんだな…』

やけに昔の笑顔ばかりが脳裏に浮かび、そうでなくとも痛む身体が、なおさら痛んだ。

「二代目。そろそろお出かけのお時間です」

「――――今行く」

そうこうするうちに、伊万里は駿介にかかった声に、ハッとした。

「渉。夕方には戻る。おとなしく寝ておけよ」

駿介は、漆黒のスーツに身を包むと、昨日と大差ない姿で、枕元に立った。

「…っ」

顔を合わせようとはしない伊万里に、手を伸ばす。

「――――それじゃあ、行ってくる」

けれど、手を伸ばしながらも肩にも頬にも触れずに引くと、駿介は大きく溜息をついてから、ベッドを離れた。伊万里に、背を向けた。

「――――文弥。あとは頼んだぞ」

「はい」

駿介が立ち去ると、伊万里を残した部屋には、文弥だけが残った。

「渉さん。ただ今食事をお持ちしますが、ご飯ものとパン食、どちらがよろしいですか？」

「けっこうです」

「だめですよ。きちんと食事はとっていただかないと、俺が駿介さんに叱《しか》られます。朝も召し上がっていないじゃないですか」

と、なんでもないような会話の中で、伊万里は不思議なことに気付いて、身体を起こした。

「――――？　あなたは、名前で呼ぶんですね」

「え？」

「他の人は、みんな組長とか二代目とか呼んでいるのに、文弥さんだけは駿介さんって」

それは些細なことだが、伊万里にとっては重大なことだった。

「ああ、それは…慣れっていうか、癖ですね。つい…、久里浜《くりはま》時代の名残で」

文弥にとっては、特別にごまかすことでもないので、サラリと答える。

「久里浜？　久里浜って、じゃあ…、あなたはもしかして、駿ちゃんと同じところにいたんですか？　久里浜の、特別少年院に」

しかし、そんな文弥の言葉に、伊万里は顔つきを険しいものにした。

「え？　あ…、はい」

「なら、それからずっと一緒にいるってことですよね？　駿ちゃん、あなたに何か言ったことありませんでしたか？　どうしてあんな事件を起こしたのか、その動機っていうか、理由っていうかを、何か口にしたことはありませんでしたか？」

なんでもないような地名に反応すると、伊万里は駿介との空白の時間を追い求めるように、文弥に向かって声を荒らげた。

「渉さん」

「お願いします。知ってたら、教えてください。聞いてたら、どうか俺に教えてください」

驚く文弥に、伊万里はベッドを下りると、歩み寄った。

「どうして駿ちゃんは、ゆきずりの…、それも街で絡まれて喧嘩になっただけの相手に、殺意なんか持ったんですか？　勢いとか、感情的にとか、相手が凶器を出したから、それで逆に刺してしまった。そこまでは、誰もが経過の想像がつきます。言葉は悪いけど、正当防衛だったといっても、通ったはずの成り行きだった。そう、思います」

逃げるはずもない相手だとはわかっているが、それでも文弥の腕をしっかりと捕らえた。

「――でも、どうしてもわからないことがある。俺も駿ちゃんを知るみんなも、いまだにわからないことがある。駿ちゃんが、自分から相手を殺してやりたかったって、口にした。その主張を、最後の最後まで変えなかった。そこにどんな理由があったのか、動機が生まれたのか、まったく口にしなかったことから、駿ちゃんは自ら刑を重くしてしまった。だから、もしもどうして殺意を持ったのか、聞いていたら教えてください。何が今の駿ちゃんへのスイッチだったのか。切り替えみたいな瞬間だったのか、俺…知りたいんです!!　文弥さん」

必死に問いかける伊万里に、文弥は困った顔をした。

「――っ、それは。俺も事件のことに関しては、殺してやりたかったから刺した。たんに、人の気も知らずに絡んで暴力を振るってきた、ああいう奴らが気に入らないから、それで殺意が湧いた。そうとしか、聞いたことがありませんが」

伊万里が自分に何を聞きたいのか、何を聞きだしたいのかはわかっても、その答えを自分は持っていないから。

「それこそ反省したのも、素手でやればよかった。相手が刃物を出したから、つい奪ってしまったが、自分なら十分素手でもやれただろうに――っていう感じでしたし。俺はそれで納得できるクチなんで、何も不思議には思わないんですが…」

伊万里が望むような真実が、自分の記憶の中には何一つないから、文弥は縋りつく伊万里の腕を、外すしかなかった。

「――そうですか」

「あ。ただ、そうはいっても院内では模範生でしたから、看守の評判はすごくよかったですよ。真っ直ぐすぎたし、場に似合わない正義感もあったので、俺みたいな根っからの悪《ワル》とは、最初は折り合いも悪かったですけど…」

せめてもの情報として、文弥が知る限りの駿介を、自分が出会ったころの駿介の様子を、聞かせてやることしかできなかった。

「でも、気がつけば、あの漢っぷりには、参らされてました。だから、舎弟もごっそりつくってました。駿介さんは、檻《おり》の中にいても不思議なほどシャバの匂いがする人でした。なんか、真夏の太陽みたいに、いつもカラッとした人でしたから」

「っ……」

伊万里は、駿介のことを語る文弥の目が、当時の仲間たちと、どこが違うのだろう？　と、率直に感じた。

「だから、俺が思うに。駿介さんが取り調べでも、法廷でも、一貫して同じことしか言わなかったんだとしたら、それがすべてなんだと思います。他人が想像するような動機があったとしても、なかったとしても、あとからそれを撤回することはないと思います。言い訳なら、なおのこと。死んだって口にしないのが、駿介さんという漢だと、俺は思いますよ」

駿介のプレイが、駿介の気性が、好きで好きでたまらなかったチームメイトや同級生たちと、何が違うのだろう？　何も違ってないのではないか？　と、そんなふうに感じた。

「――ですよね。すみません。変なこと聞いて」

伊万里は、鋭いながらも澄んだ眼差しを持つ文弥から視線を外すと、今こそわかるかもしれないと湧き起こった期待の分だけ、脱力感に見舞われた。

「お役に立てず、すみません。けど、本当に知りたいなら、駿介さんご自身に聞かれるのが、一番ですよ。今夜にでも、聞いてみてはいかがです？」

「それで話してもらえるんなら、ここであなたには聞いてません」

当たるつもりはなかったが、結果的には文弥からプイと顔を背けて、つっけんどんなことを言ってしまった。

「なら、話すことがないというのが、事実でしょう。駿介さんは、嘘のつけない方ですから」

伊万里はやりきれない思いをぶつけるように、右手で左の腕を摑むと、癖のように爪を立てた。

「――――ええ」

まるで、学生時代にそうしたように、湧き起こる感情がセーブできなくて、浴衣で覆われた白い腕に、無言のうちに傷をつける。

「では、お食事にしましょう。一応一通りお持ちしますから」

「っ、待ってください!!」

だが、それでもまだ聞けることはある。確かめられることはあると気付くと、伊万里は背を向けようとした文弥を呼び止めた。

「あと一つ。一つだけ…。駿ちゃんは…、どうしてやくざになんかなったんですか？　あなたが、駿ちゃんをこの世界に引き込んだんですか？　退院した後の駿ちゃんを家に帰さず、ここに連れてきたのは、あなただったんですか？」

一度は逸らした視線を向けて、文弥に憎しみにも似た嫉妬を、無意識のうちにぶつけていた。

「この世界を――――知るきっかけだけなら、俺にあったかもしれません。俺は、この鳳山組の先代組長の甥です。こういう世界で、生まれ育った漢です」

文弥は、こんな感情を他人からぶつけられることに、慣れているのだろうか？

顔色一つ変えることなく、眉一つ動かすことなく、伊万里に返事をした。

「けれど、退院後に家に戻らなかったのは、駿介さんの意思です。そしてこの道を選んだのも、駿介さん自身です。私が言うのも変な話ですが、駿介さんは誰かに与えられた道を、選ぶ人ではありません。進む人でもありません。彼を動かせるのは、彼自身。それは、私が知る駿介さんも、渉さんが知る駿介さんも、同じなんじゃないかと思いますが」

伊万里がこれで納得するとは思っていないだろうが、それでも文弥は自分が知る朱雀駿介を、いや、鳳山駿介像を、伊万里に淡々と説明して聞かせた。

「――――…同じ、ですか」

伊万里は、認めたくはないものの、文弥の話を信じるしかなかった。

ありのままのこととして、受け入れるしか術《すべ》がなかった。

『それって、野球を選んだ駿ちゃんも、やくざを選んだ駿ちゃんも、変わってないってこと？　みんなの期待を一身に背負ってマウンドに立っていた駿ちゃんも、鳳凰の刺青を背負ってやくざの組のトップにいる駿ちゃんも、まったく同じ人だってことなの？』

なぜなら駿介は、誰に何を言われたわけでもないのに、野球というスポーツにのめり込んでいった。一度はその道を極めようと本気で考え、たった一人で邁進していた。

『俺の同意がなければ、キスもしないって。抱きしめることもしないって言った駿ちゃんと、昨夜の駿ちゃんが…』

それを見ていたのは、伊万里だった。一番近くで常に見届けていたのは、伊万里自身だったから、伊万里は文弥の言う駿介の選択や行動を、真っ向から否定することができなかった。

『無理やり――――。無理やりあんなことする駿ちゃんと、同じ人だってことなの？』

ただ、それでも。それでも、伊万里が知る駿介と、文弥の知る駿介が、同じだと言われたことには、従えなかった。

『違う…。違うよ、同じなんかじゃない。俺が変わったんだから、駿ちゃんだって変わったんだよ。きっと俺が穢れたように、駿ちゃんも…。きっと、駿ちゃんも…。どこかでスイッチが切り替わって、全然違う人になったんだ』

これだけは、たとえ本人に「同じだ」と言われても、受け入れることができないと思った。

『そこに理由を求めようとしたから、動機という救いを求めようとしたから、俺は駿ちゃんが変わってしまった現実を、受け入れられなかった。流一さんもみんなも、受け止められなかっただけなんだよ』

認めてしまえば、壊れてしまう。

信じ続けた自分が、追いかけ続けてきた自分が、壊れてしまってどうしていいのかわからない。これから何を信じていいのかわからないから、伊万里は駿介が変わったのだ、決してもう、同じ人間ではないのだと思うことで、今にも崩れそうな自分を、自分で支えた。

「ありがとうございました。いろいろ聞かせてもらって、感謝します」

そうして伊万里は文弥に頭を下げると、そのままベッドには戻らず、駿介が衣類を投げ出していった、ソファへと向かった。

「っ、渉さん？　何を？」

駿介の衣類に紛れていた自分の衣類を探しだすと、それを抱えてベッドに戻った。

「――――仕事に行くので、着替えるんです。席を、外してくださいますか？」

伊万里は着替えをベッドに置くと、着込んでいた浴衣の帯に手をかけた。

「何を言ってるんですか!? 駿介さんに言われたでしょう？ ここで待つようにと」

「あなたまで、勝手なこと言わないでください。どうして俺が、駿ちゃんの言いなりにならなきゃ、いけないいんです？ いきなり連れてこられて、こんなふうに踏みにじられて。俺は、俺は駿ちゃんの人形じゃありません」

止めにかかった文弥を詰《なじ》ると、帯を解いて引き抜いた。

「鳳山駿介なんて人の、知り合いでも幼馴染みでもありません」

「――――渉さん!!」

「俺には、たくさんの患者さんがいるんです。大事な人の命を預かってるんです。こんなところで、ぼさっと寝ているわけにはいかないので、誰がなんと言っても、俺はこれから出勤しますから。出て行ってくれないのなら、もう…いいです!!」

そうして自ら浴衣の襟を取ると、伊万里は自分の足元に脱いだ浴衣を落とした。

「渉さん――――、っ!!」

抱かれたあとが身体の隅々に残る、白い裸体を惜しげもなく、文弥の前に晒した。

『――――っ…』

伊万里は、咄嗟《とっさ》に文弥が視線を逸らしたことさえ、気には留めていなかった。

むしろ湯上がりに衣類を纏うように、次々に着込んでいくと、途中で痛む身体をよろめかせながらも、色香を増すだけの黒衣姿になった。

「それでも、留守を預かるあなたにも、仕事や責任はあるのでしょうから。仕事が終わったら、戻ります。戻って今と同じことを彼に言います。決着は自分でつけますからそれでいいでしょ」

着替え終えると、伊万里はどこかホッとしてか、溜息をついた。

「いっ、いいわけないでしょ。そんな無茶、言わないでください」

そんな伊万里に、文弥はやっとの思いで視線を戻す。

勝手に部屋を出ようとする伊万里の腕を、今度は自分のほうから捕らえにいく。

「勝手に人を攫ってきた人に、無茶って言われるのは心外です」

「渉さん!!」

だが、そんな文弥の手は、伊万里の腕を捕らえる前に、力いっぱい弾かれた。

「だいたい、あなたも漢なら、仲間を誠心誠意診た俺に、多少の恩や義理はあるでしょう？ だったら恩返しのつもりで、ここから出してください。俺には、待ってる患者さんがいるんです。俺の患者が死んだらあなたたち、責任取れるんですか!? 取れないんでしょ!!」

「っ…っ」

敵意と職務意義をむき出しにしてくる伊万里に、文弥は一瞬奥歯を嚙む。

「これ以上、無駄な時間を取られるのは、ごめんです。どいてください」

「――――…」

力で制するのは容易《たやす》いことだが、無傷で抑える自信が文弥にはなかった。そんな手加減は、駿介だからこそできるのであって、文弥には到底無理なことが、自分でもわかっているのだ。

「早く!! どんなに怖い顔して睨《にら》んでもだめですよ。もう、慣れましたから」

おかげで文弥は、正真正銘のやくざ相手にひるむことを知らない伊万里に対し、しばらく奥歯を噛まされた。

「それに、もともと医者なんか、普通の神経じゃ、やってられないんですよ。あなたなんか、うちにゴロゴロしてる変人医師にくらべたら、全然普通ですから。どんなにすごんでも、最新のウィルスほど怖くないですし。とにかく、俺の邪魔をしないでくださいっ!!」

こんなチャチな脅しに、返す言葉がない。

その怒りと、明らかにそれだけではない甘い苛立《いらだ》ちに、文弥は奥歯を噛み続けると、せめてもの八つ当たりに、この場にはいない駿介へ、胸中で悪態をついた。

『――――っの、減らず口がっ。いっそ、その口にデカマラ突っ込んで、ガコガコに犯してやろうか!? 主が帰ってくる前に調教し直してやろうか!? あ!? ったく、駿介さんもぬるい教育しやがって。甘やかすのも、大概にしやがれ!! わざわざ攫ってきてまで犯《や》したんなら、最低三日三晩は足腰立たないようにやっとけよ。半端に犯るから、生意気な口利くようになるんじゃねぇかよ、面倒くせぇな!!』

ムッとした顔で自分を見る伊万里にぶつけられない分、駿介が帰ってきたら、どうしてやろう、何をしてやろうかと、かなり本気で考えた。

4

伊万里を乗せた装甲車並みの黒ベンツが、東都医大の裏口につけられたのは、ちょうど昼休みが終わるころ。時計の針が、一時を指すころだった。

「夕方にはお迎えに参ります。決して、約束を破られないよう、お願いします。渉さんが約束を守られなかったとき、何かあったときには、俺は駿介さんの前で、この腹切りますから。死んでお詫《わ》びをしますから。いいですね」

文弥は、ポーカーフェイスといわれるクールな顔立ちに怒りも露にすると、舎弟の一人と一緒に、伊万里が病院の中に入るまで、ピタリとついて送り届けた。

「————っ、わかりました。病院からは一歩も出ません。仕事で遅くなるときには、ちゃんとメールか電話をします。その代わり、こんな物騒な車を正面玄関につけたら、その場で逃走しますからね。必ず、ここに。裏口のほうに、つけてくださいよ」

が、出勤するための交換条件とはいえ、なんでいちいちそんなこと？　と思うと、伊万里は不機嫌極まりない口調で、文弥に返事をした。

「かしこまりました」

「あと、間違っても、中まで迎えに来るなんてことも、しないでくださいね。そんなことしたら、そのまま外科部に連れて行って、こっちで先にそのお腹!!　二度と縫合できないぐらい、切り開いてもらいますから。勝手に死亡届を書きますからね!!」

「――……っ、わかりました。では、そうならないよう、きちんとしたお帰りを信じてますんで、どうかよろしくお願いします!!」

「はいっ!!　じゃあ、行ってきますっ」

プイと背けた顔を睨む文弥の眼差しが、どれほど怒りに満ち満ちているか。それを知るよしもなく、伊万里はやっとの思いで解放されると、院内へと入っていった。

「ぷっ!!　くくくく」

と、文弥と同行していた基哲が、車の運転席に戻るなり、笑い出す。

「あれで文弥さんを、脅してるつもりなんすかね？　だとしたら、天然可愛い人だな。それこそ、下手な悪さをしでかした日には、真顔でおしおきされそうだ。そこに座りなさい！　とか、マジに言って、正座させられて」

「――笑いごとじゃねぇよ。それだけ、無垢なんだろうが…。今時の二十七が、あれで大丈夫なのか？　職場でちゃんとやってけんのかよ、って思うぞ。しかも、あれだけブーブー言って、最後は〝行ってきます〟ときたもんだ。礼儀正しいにも、ほどがある」

文弥は、乗り込んだ後部席でどっかり足を組むと、伊万里の要望で着せられた〝ついてくるなら、スーツ厳禁。年相応の、怖くない格好で!!〟というジャケットのポケットから煙草を取り出すと、同行していたもう一人の若い舎弟・秀紀《ひでのり》に火を点《つ》けさせた。

「無垢ねぇ。でも、昨夜はいかにもバージンを奪われましたって、後ろ姿でしたけど」

「だから、そういう意味じゃねぇって。世の中には、永遠の処女性を持ってる奴は、いるんだよ」

　伊万里の前では吸えなかったそれを、いつになく深々と吸う。

「文弥さん」

「ようは、一発やろうがやらなかろうが、清い内面は清いままだ。純粋なものは、純粋なままだ。どんなに陵辱されようが、犯されようが。その名残さえ、匂いたつ花の朝露みたいに、ただ透明で綺麗って存在はあるもんなんだ」

　白い煙を吐きながら、心の中では、何を言っているんだ？　と、自分に問う。

「文弥さん、いつになくべた褒めすっね。ってか、べた惚れすっか♡」

「馬鹿言え。渉さんは、はなから対象外だ。男ってところ抜きにしても、論外だ」

　案の定、変に突っ込まれて、更に煙草を深く吸う。

「渉さんは、駿介さんとよく似てる。だから、自分にないものには、自然と惹《ひ》かれるし、焦がれるし、綺麗にも見える。それだけのことだ」

　言い訳に聞こえているだろうか？

　文弥は口にしてしまった言葉に、こんな気を使うのは初めてだ。

「確かに。それはあるっすね」

　だが、伊万里のことに関しては、誰もが似たような気分にさせられているのか、発した言葉が自然に聞き流されている。

「────って、よろけた!!　あ、渉さんってば、堂々と人前で、お尻撫でてますよ。うわー。

あんなことされたら、周りだって目のやり場に困るだろうに。渉さんって、本当に天然だ。ねぇ、文弥さん」

伊万里の姿だけを追う舎弟たちの視線に、文弥の崩れきったポーカーフェイスは、まったく映っていない。呆れるぐらい、映っていなかった。

『はぁっ。この分じゃ腹を切るまでもなく、先に胃に穴が開きそうだ』

裏の通用口から中へと入ると、伊万里は職員用のシャワールームでいったん身を清めてから、ロッカールームで白衣に着替えた。

『痛いっ――――…痛い、痛い、痛い。身体もだるいし、熱っぽい。啖呵《たんか》を切った手前、見栄《みえ》を張って出てきたけど、こんなんで仕事になるかな？』

いつ何時《なんどき》夜勤になるか、帰れなくなるかわからないことから、ロッカーには常備着替えが入っている。普段はハードな仕事の象徴のようで、見ると溜息が出るが、それでも今日のようなときには、ありがたい。自宅となっている独身寮に戻ることなく、シャワーを浴びて、着替えられることが、こんなにも嬉しいのかと思うと、伊万里は痛む身体を引きずりながらも、本日担当する入院病棟へと移動した。

『せっかく今日は、午後からの半日仕事だから、遅刻も欠席もしなくてすむ。昨日のことも、誰に悟られることなく、知らん顔できると思ってきたのに――――』

とにかく午後の回診を含む半日を乗りきれればと、不安を抱えつつもフラフラと歩いた。

「伊万里？　伊万里じゃないか。どうしたんだ？」

が、こんなときに限って、一番避けたい相手に、ばったりと会う。

「和泉《いずみ》先生…。黒河先生も」

伊万里の顔に、そうでなくともないに等しい余裕が皆無になる。

「どうした？　調子が悪いのか？」

伊万里の同僚の内科医である和泉聖人《まさと》は、眉間《みけん》にしわを寄せると、伊万里の額《ひたい》に手を伸ばす。

「っ!!」

しかし、そんな和泉よりも伊万里をビクつかせたのは、無表情ともいえる黒河のほうで…。

「――――…いや、聖人。悪いけど、こいつのシフト調整を頼めるか？　こいつ、ちょっと休憩室に放り込んだほうがいいわ」

黒河は伊万里の姿を上から下まで眺めると、和泉に用件だけをきっぱりと告げた。

「あ？　そうか。わかった」

「いえ、大丈夫です!!　俺、すぐに病棟の回診をしないと…、っ痛っ」

「他人のことはいいから、まずは自分だろう」

冗談じゃないという思いから背筋を無理に伸ばしたが、それがかえって逆効果。伊万里は黒河に言い捨てられると、全身をピクリと震わせた。

その上、よろけた身体に両手を伸ばされ、こともあろうか抱き上げられた。

「っ!!」

瞬間、熱を帯びて火照《ほて》っていたはずの伊万里の顔から、血の気が下がる。

『ひぃやーっっっ。黒河先生にお姫様抱っこされるなんて、誰かに見られたら殺されるーっ』

なぜなら、伊万里がマドンナと呼ばれた立場にいたなら、黒河は東都の元歴代ミスター。

それも今となっては、この医大のエース。誰もが認める、容姿端麗な天才モテモテ外科医。

そのために、黒河に熱視線を送る者は、同僚、看護師のみならず、当院に出入りする業者関係者にも、かなり多い。当然のように患者の中にもいる。それだけに、伊万里はこんな姿を誰かに見られたら!! という怖さから、余計に具合が悪くなった。

「聖人、頼んだぞ」

「ああ。それはわかったが、どさくさに紛れて手ぇ出すなよ」

それを見抜いてか、ますます顔色が悪くなった伊万里に、和泉が同情的な目を向ける。

「しねぇよ」

だが、当の黒河は、まるで周囲の目など、気にしていなかった。

『神様っ、助けてーっ』

結局伊万里はやっとの思いで歩いてきた病棟への廊下から、今出てきたばかりの職員用の休憩ゾーンへと連れ戻されてしまった。

常に人気《ひとけ》の多い休憩室より、こちらのほうが適切だと思ったのか、黒河は伊万里を仮眠室へと運び込んだ。

「ちょっと待ってろ。すぐに必要なものを揃えてくる。逃げるなよ」

「…っ、はい」

が、伊万里をカプセルベッドが取り囲む部屋の中央に置かれたソファに下ろすと、黒河はいったん姿を消した。

『――逃げたい。でも、黒河先生を怒らせたら、二度と病院に来られなくなりそうだし』

伊万里は大きく肩を上下させると、痛むお尻を庇《かば》うように、自然とソファに上体を横たえた。

『それにしても、必要なものって、何を取りに行ってくれたんだろう？　当院一の天才外科医、当院一の多忙な黒河先生に、俺って、どういうことをさせてるんだろう？』

慣れ親しんだ匂いと環境に身を置くと、それだけで気分的に回復する。

「――戻ったぞ。ほら、治療してやるからケツを出せ」

とはいえ、伊万里が安らぎを覚えたのは、ほんの一瞬で。

「へ!?」

「さすがに、俺に脱がされたくはないだろう。だからほら、自分でズボン脱いで、白衣めくって、ケツだけ出せ」

伊万里は、部屋に戻ってくるなり必要最低限の治療道具をテーブルに広げた黒河に、耳を疑うような要求をされた。

「で、できません!!　そんなこと、できるわけないじゃないですか!!　何を言い出すんですか」

「だったらこのまま、肛門科に連れて行くぞ。その様子じゃ、犯られてんのはバレバレだ。昨日忽然《こつぜん》と姿を消した上に、この状態。お前、警察沙汰《ざた》にしてほしいのか？」

「――――っ」

「それが嫌なら、言うことをきけ。他には黙っててやる」

一度で言うことをきかないと、それは脅迫!?　と思うようなこともシラッと言われた。

「でも、黒河先生。それは、嫌です。許してください。他のことならなんでもしますから」

伊万里はソファの隅にジリジリと逃げると、昨夜とは違う懇願をしながら、半泣きになった。

「馬鹿っ!!　何、勘違いしてんだよ。俺が医者だってこと、忘れるな。変に意識されたら、逆にその気になるだろうが、俺の股間がよ!!」

どれほど黒河が「治療してやる」と言ったところで、死んでもされたくない治療はある。

下手に知り合いで、関係自体が他の者たちより濃いだけに、伊万里は黒河にだけは、そんな治療をされたくなかった。

それこそ、駿介に犯されるのと、黒河に治療されるの、どちらがマシ!?　と聞かれたら「駿介に犯されるほうがマシ!!」と答えてしまいそうなほど、この親切だけは丁重に断りたかった。

「でもぉっ!!」

だが、それでお断りできる相手なら、そもそも伊万里が泣き出す必要はなかった。

「でもも、何もねぇ。普通に治療する分には、お前の未熟なケツ見て、興奮するなんてことはねぇよ。第一、ここで無駄な時間を取ってるほど、俺は暇じゃねぇんだぞ。言うこときかねぇなら、警察だ。その上で、肛門科どころか産婦人科に放り込んで、分娩台《ぶんべん》で両足開いて、内視鏡を突っ込むが、それでもいいのか？」

言ったからには本当にやるのが、この黒河。それはいやというほど知っているからこそ、伊万里は泣いて縋って、黒河本人から「しょうがねぇな」と言ってほしかった。「なら、自分でやれよ」でも、いいと思っていた。

「それとも自分で鏡でも見ながら、プレイさながらの治療をするか？　それなら、いいぞ。俺が見届けてやる。ほら、見せろ」

しかし、どこまでも黒河はこういう男だった。

「っっっ、それは、もっと嫌ですっ。そんなことさせられるぐらいなら、自決しますぅ」

「なら、四の五の言わずに、ケツを出せ。とっとと、患部だけ出しやがれ」

人の羞恥など、お構いなし。診られる相手のことまで、いちいち気にしていたら、医師なんかやってられるかというのを、誰に対しても貫いていた。

『――――……っ、信じられないっ』

とはいえ、伊万里はソファに横になったままズボンと下着を下ろすと、白衣をずりあげ、小さなお尻の一部だけを出した。そうして黒河には顔を伏せたまま、奥歯をギュッと嚙み締めた。

「ずいぶん気の利かない男に、やられたもんだな。出血は止まってるが、こりゃ痛《い》てぇだろう？」

『――――っ、死にたい。もう、生きていけない……っ』

薄いゴム手袋をつけた黒河の手が、患部を確かめるために触れてくる。と、溢れ出てくる涙で、すぐにソファの隅には水溜《た》まりができた。

「本当。こんな、使い込んでもいねぇところに、よく無理やり押し込んだな。こりゃ、突っ込んだほうだって、そうとう痛かったはずだぞ…」

『こんなことなら、出勤するんじゃなかった。これって、文弥さんの呪い？』

わかっていても、後悔先に立たずという言葉を実感する。

「奥まで薬を入れるからな。力抜けよ。これ以上は、手間かけさせるなよ」

『黒河先生の、黒河先生の――――、鬼っ』

伊万里は、今日こそ自分の職場が、呪わしいと思ったことはなかった。

治療とセクハラの線引きが一体どこにあるのか、誰かに納得がいくよう、説明してほしいと思ったこともなかった。

一通りの治療を終えて、伊万里がきちんとズボンを穿《は》き終えると、黒河は使った道具を手際よく片付けていった。

「それで、こんな目に遭っても訴えられねぇ強姦《ごうかん》魔は、馬鹿駿介なのか？」

「っ…!?」

「図星か。火葬場には来なかったってことは、告別式のあとに現れた奴に、拉致《らち》でもされたか？それで、このざまか」

だが、そんな黒河に、伊万里はあまりにストレートに切り込まれ、言葉に詰まった。

「────ったく、しょうがねぇな、駿介も。どの道攫ってやっちまうオチになるなら、もっと早くにそうすりゃいいものを。そうすりゃ、ここまで話がこじれることもなかった。流一とだって、ちゃんと関係が修復できただろうによ」

『黒河先生？』

否定もできないまま、呆然と黒河の顔色を窺うことになった。

「ま、流一が自分の留守にお前を奪った。それなら奴も奪い返すって名目で、無茶もできたんだろうが。あいつの馬鹿なところは、そもそもお前が流一に心変わりをした。もしくは、お前自身が、初めから好きだったのは、流一のほうだったと思い込んだところにある。しかも、冷静に見れば、前科を背負った自分よりも、清廉潔白な流一のほうが、お前には相応しい。気持ちのどっかで、そう思っていたから、無茶もできなかったってことなんだろうが────。でも、だから馬鹿だっていうんだよな、あいつは。律儀なんて、似合わねぇ顔してよ」

しかし、驚く伊万里を他所に、黒河は道具を片付け終えると、白衣のポケットからシガレットケースを取り出した。

「お前は…渉はそもそも、そんなことで心変わりをする奴じゃない。したとしたって、流一が駿介の気持ちを知りながら、渉を受け止めるはずなんかない。そういう奴じゃないんだから、もう少し冷静になって物事を見れば、とことん道を外していく必要も、なかっただろうに」

ケースの中から一本だけを取り出すと、それをそのまま口へと運んだ。

「それでもま、こうして仕事場には寄こすんだから、甘いっちゃ甘いか、あの極道も。俺ならまず、逃がさない。勝手に辞表を出して、職場も何もかも奪ってる。やり方はいただけないが、お前を流一の愛人っていう立場から引き離したい、気持ちを変えさせたいが、昨日は一番だったんだろう。そうでなきゃ、本当の強姦なら、こんなもんじゃすまない。体中にキスマークは残しても、痣《あざ》一つ、傷一つつけないなんてことは、ありえないからな」

まるで一服するかのように、シガレットチョコを、形のいい唇に銜える。

酒は飲んでも、煙草は吸わない黒河。だが、その立ち姿はそれでも十分色香があり、かえって本物の煙草を銜えるよりも、彼を紳士に見せた。

「とりあえず、肉体だけなら愛された。かなり、丁重にやられたことは確かだな」

「っ…」

「もっとも、やられたほうの気持ちが追いついてなきゃ、立派に強姦だ。どんなに気を使ったところで、これを正しいセックスだとは呼ばねぇ」

なのに、こうして問いかけてくることには、容赦がない。

「で、お前は実際どうだったんだ？　こんなことをされても、まだ駿介が好きなのか？　よくも悪くもここまでやられたのに出勤してくるってことは、例の発作は出なかったってことなんだろう？　学生時代にかなり苦しんだらしい心的外傷後ストレス障害《PTSD》の発作は」

「黒河先生!?　どうして、それを…」

何から何まで、伊万里を驚かせ、驚愕《きょうがく》させる。

「お前には申し訳ないが、流一には抱え込んでいたものを全部しゃべらせた。ただし、親友としての俺にじゃない。あくまでも、医師としての黒河療治にだ」

黒河は、シガレットチョコを煙草に見立てて指で挟むと、部屋の奥の窓際にもたれながら、ふいに空を見上げた。

「そうでなければ、俺は死を覚悟していたあいつを、身軽にしてやれなかった。少しでも奴が抱えた重荷を引きとってやらなきゃ、見ていられなかった。そうでなくとも苦しんでいたのに…。何もせずに、傍にいられなかったからな」

窓の外に広がる青空に、普段は見せることのない、苦笑を向けた。

「…っ、そうですか」

伊万里は、言葉尻に溜息をつく。

黒河は、そんな溜息に反応したように、視線を伊万里へと戻す。

「渉。だから、このさい言ってみろ。俺を流一だと思って、今の気持ちを正直に言葉にしてみろ。言葉にすることで、楽になる。お前も、お前を見守り続けている流一も。だから、よ」

伊万里に向けた黒河の顔に、苦笑は浮かんでいなかった。

あるのは、常に他人に向ける微笑。穏やかな口調。医師としての姿。ただ、それだけだった。

「――――…はい」

伊万里は黒河の姿に、どうしてか胸が痛んだ。

「黒河先生がおっしゃったことは、ほとんどそのとおりです。火葬場に行く前に、駿ちゃんが現

れて…、俺を――しました」

告白を強いられたからではない。言ってしまうことで、自分は楽になる。だが、それを聞いた黒河はどうなのだろう？

そう思うと、胸がドキドキするというよりは、やはりチクンとした気がした。

「正直言ってしまえば、怖かったです。昔、視界を塞がれたまま、見知らぬ男に犯されたのも。昨日、いきなり駿ちゃんに――されたのも、初めは大差ない怖さがありました」

けれど、それでも伊万里は告白した。

「今の駿ちゃんは、昔の駿ちゃんとは違う。あまりに違いすぎるから。怖くて、怖くて、仕方がなかったです。一瞬昔のことがフラッシュバックして、気が狂うかと思いました」

忌まわしい過去。昨夜の惨事。それらをありのままに、口にした。

「けど、でも、駿ちゃんが、駿ちゃんだったからでしょうか？　どんなに見た目が変わっても、俺が、ずっと思い続けてきた人だからでしょうか？　俺の中では、すぐに怖さよりも、悲しさが大きくなりました。あのとき、約束を守れなかった。守れないがために、何も知らない駿ちゃんを傷つけた。そういう自分が、誰かもわからない男に穢された自分が悔しくて、悲しくて、やるせない気持ちのほうが、どんどん大きくなりました――」

そうして口にすると、不思議なことに、自分の気持ちがよくわかった。

昨夜、何を思いながら抱かれていたのか。駿介自身に何を感じたのか。拙《つたな》いながらも、それらすべてが言葉になった。

「だから、どれほど強く抱きしめられても、恐怖で発作を起こすことはありませんでした。駿ちゃんの匂いを嫌悪して、嘔吐《おうと》したり、引きつけを起すことは、ありませんでした」

伊万里はソファに座ったままの姿勢で、右手で左の腕を握り締めていた。が、爪を立てることはなかった。

「驚きや、躊躇い。目まぐるしさや、恥ずかしさ。とにかく、言い尽くせないたくさんの感情が、一秒ごとに生まれて、グルグルになってしまって。でも、それでも駿ちゃんが俺の名前を呼ぶから、その声だけは昔と変わらないから、一時《いちじ》ひどかったＰＴＳＤとしての症状は…、そういえば、出ていませんでした」

いつもなら行き場のない感情が、爪の先に行く。自分を傷つけるほうへと行くが、それらは声となって発せられたためか、伊万里は握り締めた腕を、何度かさするという仕草を取っていた。

「なら、やり方に問題はあるが、荒療治としては有効だったのかもな。これをきっかけに、ちゃんと人と向き合える、普通にセックスができるようになるかもしれないぞ」

黒河は、伊万里の言動を見ると、少しばかりからかった。

「いやです!!　そんなことないです。もう…、あんなに辛いのは、いやです。乱暴なのはいやです。したくありません――――」

伊万里は声を上げると、その後はプイと顔を背けた。

「なら、駿介には、心身から感じられるセックスじゃなきゃ、お断りだって言ってやれ」

「え!?」

黒河の言い草に驚き、背けた顔を元に戻す。

「男が男に組みしかれるんだ。愛と快感は貰って当然だ。愛がないなら、せめて極上の快感を寄こせと、あの馬鹿に言ってやれって、提言したんだ」

黒河は、チョコを嚙み締めると、ニヤリと笑った。

「ただし、愛があってもテクニックがないなら、大きな顔するなって、詰るのもありだ。お前にはその権利がある。なぁ、純白のマリアちゃん」

「くっ、黒河先輩っ!!」

思わず席を立ちそうになった伊万里を、一喝で抑えた。

「黒河先生だ」

伊万里は反論する言葉が見つからず、自分が悪いわけでもないだろうに、謝罪した。

「っ、すみません。失礼しました」

そのまま肩をすぼめると、ソファに腰掛けたまま、シュンとしてしまった。

「――――嘘だよ。真に受けるなって。患者の目がないときは、なんて呼んでもかまわねぇよ。お前が可愛い後輩なのも、流一の弟分なのも事実だ。お前が落ち着いた生活を手に入れて、心身からの幸福を摑んでくれることを願っているのは、俺も同じだからな」

しかし、黒河はチョコを食べ終えると、ひどく優しげな笑みを浮かべた。

「黒河先生…」

「ちなみに俺は、これをきっかけに、普通にセックスができるようになるかもな――――、とは言ったが、誰も駿介とできるなとは言ってねぇぞ。当然、やれとも言ってない」

「っ!!」

伊万里がホッとしたのもつかの間、残ったチョコの紙を握り締めると、ポケットの中へと突っ込んだ。

「――――ま、どこに転ぶにしても。今になって、いい女と巡り会うにしても。心配事は一人で抱え込まないで、俺にでも誰にでも相談しろ。まずは溜め込まないで、言葉に出せ」

そうして再び視線を窓の外へと向けると、青空に流れる雲を追った。

「ここには聞く耳を持った奴が、たくさんいる。清水谷《しみずたに》や朱音《あかね》も、黙ってはいるが気にはしていた。どんなに学年が離れてても、駿介のことに関しては、知らない奴はいない。流一のこともそうだ。ってなれば、二人に一番近かったお前のことも、自然と耳に入る。同じ学び舎の先輩として、気になるみたいだからな」

まるで流一に、これでいいか？　と訊《たず》ねるように、白い雲を追った。

「えっ？　清水谷先輩や、白石《しらいし》先輩が俺のことを？」

だが、そんな黒河を、今度は伊万里が驚かす。

「なんでここで赤くなる？」

「だって、お二人とも俺にとっては憧《あこが》れの先輩ですから。清楚で、綺麗で、お優しくて。お二人こそが、歴代のマドンナだな…って♡　あ、言うと怒られてしまいそうですけど、実は大学時代から、浅香《あさか》先輩にも憧れてました。だって、医学部の学生で、〝黒河療治？　だから何？〟とかって、真顔で言えちゃう生徒なんて、浅香先輩しかいませんでしたし。彼こそマドンナっていうよりは、女王様って方でしたから♡」

「――……東都はいつから女子高になってたんだ？」

別の理由で、苦笑させる。

「何かおっしゃいましたか？」

「いや、別に。変な突っ込みして、猛攻撃を食らうと怖いからな、やめておく。流一からも、渉には、どこに地雷が隠されてるのか、わからないところがあるから、気をつけろ。油断ならないと、教えられてるしな」

それでも、こうしていると、学生時代を思い出す。甘く優しい時間を思い出す。

「黒河先生!?」

「とにかく。今の状況が生き地獄だ。どんなに昔馴染みだっていったところで、現役の極道につきまとわれるのはごめんだって話なら、しばらくは院内でかくまってやるから、いつでも言え」

けれど、伊万里の口から「先輩」呼びは、もうされなかった。

「場合によっては、国のお偉いさんなり、その道のもっと上にいる奴にチクって、駿介を組ごと追っ払ってもらうこともできる。国外追放も可だ」

「え!? 国外追放？」

「ああ。東都出の権力者は、各界にいるんだ。お前みたいに、歴代のマドンナの一人なら、そういう男をいくらでも顎で使える。あの人怖い、助けてって言えば、それですむ。マドンナのお願いには絶対服従っていうのが、東都男の伝統だからな」

どれほど話が私情であっても、伊万里は黒河を「先輩」とは、もう呼ばないだろうと感じた。

「もちろん。ここでお前が踏ん張って、奴の誤解を解く。一から奴とやり直す機会を手に入れる。場合によっては、奴そのものも手に入れ直すっていうなら、話は別だ。少しだけ頑張ってみるのもありだ。すくなくとも奴に、流一の墓参りぐらいはさせたいだろうし――」

『駿ちゃんの誤解を解く。一からやり直す？』

「ただ、それでも無理は禁物だ。お前のためにも、流一のためにも。何より、お前の患者のためにも。それだけは、肝に銘じておけ」

「はい」

生涯「先生」と呼ぶだろう。そう、感じた。

「じゃ、そろそろ俺は行くから。お前は普通に歩けるようになってから、出てこいよ。そうでないと周りに変な妄想ばっかりさせて、みんな仕事にならなくなるからな。わかったな！」

「――はいっ」

そんなことを感じ、思っているうちに、黒河は持参した道具と共に、仮眠室を出て行った。

「もう。黒河先生ってば、やっぱり…黒河先生なんだから…」

伊万里は黒河の気配が完全に消えると、扉に向かってつぶやいた。

「本当に強い。本当に、どこまでいっても、お医者さんなんだから」

嬉しい反面、どうしてか悲しい。そんな胸の痛みを抱えながら、黒河が見上げていた空を、自分も見上げるために、ソファから立ち上がった。

『大事な人を亡くしたのは、黒河先生も一緒なのに。それも自分の恋人が、白石先輩がいつ、また再び癌《がん》に侵されるかわからない状況で。なのに、血液の癌と呼ばれる病で親友を亡くして、どうしてあんなに普通にしていられるんだろう？』

窓辺に立つと、流れる雲を見ながら、伊万里は一つの出来事を思い起こした。

『黒河先生のように働き続けるって、どれほどの強さがいるんだろう？』

偶然とはいえ、目にしてしまった、聞いてしまった、黒河と流一の最後に交わしたであろう、二人きりの会話を――――。


その日も今日のように、空は青かった。

〝すまないな。療治〟

〝何が？〟

〝白石社長が。いや…、朱音がこんなことになっているのに、俺が先に死んだら、ショックを与えるよな。お前には、余計に辛い思いをさせるよな。見せなくていいものを、見せちまう。だから…、すまないな…って〟

〝っ、流一〟

流一の病室からも晴れ渡った空は見え、暖かな冬の日差しが、降り注いでいた。

〝けど、俺はこれまでに、できることをしてきたと思う。結果はどうあれ、やれることをやって

きた。そう、思いたい。だから、俺が逝っても一分で立ち直れよ。一分経ったら、仕事に戻れよ〝

流一は、そんな日差しの中で、微笑《わら》っていた。

〝俺は、お前にそれだけの時間、凹《へこ》んでもらえば、十分だ。それだけの時間、俺だけのために使ってもらえれば、俺って奴を惜しんでもらえれば、それだけで本望だ。何せその一分で、時には人の命を救えるのが、お前って奴だから。一分もあれば、お釣りが来る〟

〝――……っ〟

黒河は、どんな顔をしていたのだろう?

伊万里からは背中しか見えなかった。白衣を纏った背中しか見えなかったので、その表情は見ることができなかった。

〝ただし、途中で急患が入ったときには、それも気にするな。一秒で立ち直って、救える命を救え。お前には、その力がある。それだけの技術があるんだから、それを俺のためには、一瞬たりとも無駄にするな〟

しかし、その背は微かだが、震えていた。

〝お前は、俺の自慢の友だ。俺が自慢できる、最高の医師だ。だから、さ〟

〝流一…〟

その声も、微かだが、震えていた。

だから、伊万里は見えなくてよかったと思った。そのときの黒河の姿は、流一だけが見ていればいい。知っていればいい。そういう、友にのみ見せる姿なのかもしれないから。

黒河が、流一にのみ見ることを許した、姿だったのかもしれないから――。


そうして迎えてしまったあの日、流一が危篤となったのは、黒河が患者の傍にいるとき、手術の執刀中のときだった。

〝流一――〟

黒河がすべてを終えて、病室に駆けつけたときには、流一は息を引き取っていた。

『あのとき、流一さんが亡くなったとき。白衣を脱いでしまいたかったのは、駆けつけた黒河先生だって同じだった。きっと、同じだったはずなのに…』

仕事とはいえ、同じ敷地の中にいながらも、最後の最後には、会えなかった。

おそらく、流一はそんなことさえ、予期していたのだろう。だからこそ、あんなことも言ったのかもしれない。言い残したのかも、しれなかった。

〝伊万里…〟

そして、病室に駆けつけるなり、黒河は流一との約束をきちんと果たした。

『黒河先生は、先に俺《おれ》から白衣を…脱がしてくれた。流一さんの自慢の友ではなく、自慢できる最高の医師として、まずは目の前にいただろう急患を、救ってくれた』

一分も悲しむことができず、本当に一秒で気持ちを切り替え、伊万里の名を呼んでくれた。

『俺をただの伊万里渉に戻して、泣かせて、楽にしてくれたんだ』

伊万里は、それがどれほどすごいことなのか、痛ましいほどの強さなのか、空を見上げた黒河の苦笑を目にしたことで、初めて知った。

ささやかながらにも、理解できたように思えた。

そしてその思いは、自然と伊万里に「先生」と呼びたい。「先輩」と言って甘えるより、一人の師として、後を追いたいという気持ちにさせた。

『今日の治療は、恥ずかしかった。けど、全部晒してしまったら、不思議なぐらい心が軽い。自分の穢れも、醜さも。弱さも過去も全部バレてしまったら、そもそもバレていたことがわかったら、なんだかひどくスッキリとしている』

そのためだろうか？

伊万里は、自分に対して、昨日までとは違う、自分を感じていた。

『黒河先生が、だからどうしたみたいな顔を、変えないから。それでもお前は可愛い後輩だって、普通に言ってくれたから。自分から、犯された恥辱を口にしたのに、不思議なくらい…心が、軽い。不思議なぐらい、楽――』

あの夏の日から、どこか狂ってしまった自分。そんな自分を払拭《ふっしょく》し、苦い経験さえ乗り越えた自分を、認めて受け入れた自分を、なんだか手に入れた気持ちになった。

『やっぱり黒河先生は、名医だな。流一さんの親友だからっていう以上に、尊敬できる先輩医師だな』

見上げた空は、清々しいほど青かった。

『黒河先生なら、本当にどんな病も治してしまいそう。俺の心の病さえ。恋の病さえ。ううん。俺がいまだに駿ちゃんが好きっていう目に見えない病巣さえ、こんなにあっさりと見つけ出して、認めさせてしまうんだから――』

流一が浮かべた笑顔のように、爽やかだった。

「――お疲れ」

「駿ちゃん…」

しかし、そんな青空が夜空に変わった時刻、伊万里が仕事を終えると、裏口前に黒のベンツが停《と》まっていた。

中には文弥や基哲ではなく、駿介本人が乗っていた。

5

伊万里の心に重く絡みついていた枷《かせ》の一つが外れた。これまでになく、伊万里は楽になった。だからこそ、今夜は逃げることなく、駿介に向き合おう。今の駿介と、面と向かって話し合おうと決めたのに、そんな伊万里を待っていたのは、駿介の容赦のない体罰だった。

「あれほど普段から、勝手だけはするなと言ってるだろう!!」

「ぅっ!!」

それも、「自宅待機」の言いつけを守らなかった伊万里にではない。伊万里にそれを許し、病院へと車を出した文弥や基哲たちに対しての、手厳しいものだった。

「俺の言いつけは絶対だ。無断でことは起こすなと、言ってるだろう!!」

「すみませんでした…、っく!!」

駿介は、伊万里を連れて帰ると、屋敷で待たせていた文弥たちを、力任せに殴っていくという暴行を始めた。

「大体、文弥。お前がついていながら、どういうことだ!? 普通は、お前が身体張ってでも止めることなんじゃねぇのかよ!!」

「っ!! 本当に、本当に…すみませ――――っぐ!!」

まるで伊万里に見せしめるように、あえて帰宅を待ってから、文弥たち三人を責め続けた。

「やめてっ。やめてよ、駿ちゃん!!」

どれほど伊万里が悲痛な叫びを上げたところで、その拳《こぶし》を解くことはしなかった。

「ぐっ!!」

人並み以上の体格と豪腕を持つ駿介の足元には、見る間に屈強な漢たちがうずくまっていく。

「俺が無理やり頼んだんだから。俺が悪いんだから、もう、やめてよ!!」

それでも文弥たちは、駿介にどれほど殴られようが、まったく抵抗しない。

この責め苦に終わりが来るのは、いつなのか。それさえわからないだろうに、言い訳一つすることなく、漢たちは駿介が〝ここまで〟とするのをジッと待った。

「彼らを責めるなら、殴るなら、俺にして」

しかしそんな駿介が伊万里には、弱いもの虐《いじ》めをしているようにしか見えなかった。

立場上逆らえないのがわかっていながら、文弥たちを殴ることで伊万里への怒りを紛らわしているようにしか思えなかった。

「原因は、俺なんだから。やるなら、俺をやればいいでしょ!!」

伊万里はたまりかねて、文弥を殴り続けていた駿介の腕にしがみつく。

「渉っ」

「駄目です、渉さん。これは俺の失態です。下手な庇い立ては、なさらないでください」

と、そんな伊万里のズボンの裾を、文弥が懇願するように摑んだ。

「でも!!」

「でも、も何も、駿介さんは悪くないんです!! 私がせめて独断ではなく、許可を取ればよかった。駿介さんに連絡をしてから、病院にお連れすればよかった。ただ、それだけのことを怠ったから、駿介さんは俺に。いや、組員全員にこういう油断はするなと、お叱りになっているだけですから」

どこまで行っても悪いのは自分たちであって、駿介ではない。そう言いきって、伊万里を困惑させた。

「油断…。叱る？」

「はい。今日は…、渉さんが無事でした。何事もなく、ちゃんとお出かけになって、お帰りになりました。ですが、これが常に普通なのかと言われれば、違います。運がよかった。何事もなくてよかったと、胸を撫で下ろすだけのことです…」

文弥は、傷ついた身体で笑ってみせた。

「そうっすよ。物騒な話ですが、いつ、どこで、誰が何を仕掛けてくるのかわからないのが…、やくざって世界っす。うちに渉さんのような大事な人がいることがわかったら、何をしてくるかわからないのも、やくざってやつなんすよ」

基哲も、文弥に同意するように、一度は畳に伏せた身体を起こして、笑ってみせた。

「この鳳山組は、筋の通らないこと、漢気に外れる無意味な争いは、しないのが身上です。けど、それが気に入らない、いい子ぶるなと反感を持つ者は、初代のころから多くいます。だから、油断をすれば潰される。一番弱そうなところは、特に狙われるってことなんです」

そして、それは秀紀も同じことで。駿介の腕にしがみついた伊万里の両手は、戸惑いから、力が抜けていった。

「それに、駿介さんは渉さんのみならず、渉さんについている私たちの身も常に心配しているから、お怒りになっているだけです。予定を無断で変えれば、何かのときに、すぐに自分が動けない。だから、それを叱っているだけです」

「そう…っ、すよ。先生からしたら、ただの暴力にしか見えないかもしれませんが…。二代目のコレは、愛情っす。だって、これだけ周りに漢がいるのに、決して他人にはやらせてないでしょ。木刀の一本も使えば、自分の拳も痛まねぇ…のに、それも…しないでしょ…っ」

「っ…見た目より、殴るほうも、けっこう効くんですよ…。しかも、三人――――。二代目の拳、俺らの顔や身体ほど…、赤くなってるはずです」

言われるままに、駿介の拳に視線をやる。と、本当に拳が赤く腫《は》れ上がっており、伊万里はそれにも驚き、駿介の利き手に両手を伸ばした。

「…っ、駿ちゃん!?」

しかし、心配して伸ばした伊万里の手は、顔を背けた駿介に軽くはじかれた。

「もういい!! うっとうしい」

駿介は、黙って様子を窺っていた寳月に、視線を移す。

「寳月。こいつら一晩、庭にでも放り出しとけ。少し頭を冷やさせろ」

「はい。おい」

寳月は言われたことに従うと、その視線一つで、他の舎弟を動かした。

「ほら、来い。基哲、秀紀」

「文弥さん、組長の言いつけですんで、ご勘弁願います」

『あ――――』

本来はこうだろうという寶月の言動に、伊万里は確かに駿介とは違うと気付いた。いや、駿介のほうが他と違う。寶月や文弥の人使いとは、やはり違うかもしれないと思った。

「来い、渉」

が、そんなことを思いながら、外に出される文弥たちを見ていると、伊万里は駿介に腕を取られた。

「次はお前の番だ。ここで俺の言いつけを守らなければ、どういうことになるのか、一度とことん教えてやる」

「駿ちゃんっ!!」

「待ってください、駿介さん!! 渉さんにだけは、どうかご無体なことは…っ」

すると、文弥が舎弟の腕を振りきり、咄嗟に駿介の前へと出る。

「るせぇよ!! 誰にもの言ってんだよ!」

「ぐっ!」

駿介は、文弥の胸倉を摑むと、そのまま自分のほうへと絞め上げた。

「忘れるなよ、文弥。渉は俺のもんだ。俺がどうしようが、俺の勝手だ。ちょっと懐かれたからって、鼻の下伸ばしやがって。テメェが立場を忘れて、口を挟むことか」

ギリギリと胸元を絞め上げながら、吐き捨てた。

「――――っ、すいません。出すぎたことを」

「わかったら、同じ過ちは犯すなよ。今俺が言ったことも、死ぬまで忘れんな」

「は…い」

そうして、摑んだ胸倉を振り飛ばされると、文弥は再びその場に膝をつく。

『渉は、俺のもんだ――――。そんなの、言われなくてもわかってる。わかってるはずなのに…、駿介さんには、あえて口にしなければならないように、見えたのか？』

摑まれた胸倉を利き手で押さえ、重々しい呼吸を肩でする。

『って、そらそうだ。この私があんなチャチな脅しに車を出した。言いなりになったのは、相手が駿介さんのイロだからじゃない。生まれたままの姿を晒しても、信念を曲げない。こうと主張し続ける。妙な反発に心が動いた。揺すぶられたからだ――――』

「文弥さん」

伊万里が手を差し伸べたのは、すでに条件反射だった。

「行くぞ、渉」

だが、こんな伊万里を力で引き戻すのも、すでに駿介にとっては、条件反射で。伊万里は握り締めた腕を引かれると、そのまま他の者たちからは離された。

「っ、痛い!!　やっ、駿ちゃん!!」

長い廊下を引っ張られ、駿介の部屋へと連れて行かれた。

「痛いっ。離してっ」

そうして、障子で仕切られた一室に入ると、その足で、今度は襖で仕切られた奥間の寝室まで引っ張られる。

「何が痛いだ。昨夜は手加減してやったのに、恩を仇《あだ》で返しやがって」

ベッドに向けて放りだされ、駿介が馬乗りになる。

「出勤してこれるだけの余力があるんだ。今夜はもっとやっちまっても、ありだろう？　本当に、お前って奴はよ！」

伊万里は、病院で着替えてきた私服に手をかけられると、呆気《あっけ》ないぐらいに、カーディガンごとシャツの前を両開きにされる。

「————っ!!」

弾けとんだボタンとともに、伊万里の柳眉が吊り上がる。

「おっ。横暴も大概にしてよ!!　勝手すぎるよ!!」

昨夜のようには、震えない。

今夜の伊万里は怒りだけで身体を震わせると、目の前の駿介の頬に、利き手を放った。

「っ!!」

パン！　と、頬を打った音が、室内に響く。

「俺は、俺は駿ちゃんのお人形じゃないんだよ。誰のものでもないんだよ」

伊万里の心情が、響く。

「それこそ、どこに行こうが、何をしようが、俺の勝手だよ!!　駿ちゃんの好き勝手には、思い通りになんかならないよ!!」

駿介は真っ直ぐに、伊万里を見下ろすだけだった。

「なんでも力ずくの駿ちゃんの思い通りになんか、絶対にならないよ」

ピクリともしない表情からは、駿介の思惑がわからない。

伊万里の言動に何を思い、感じているのか、まるで読み取れない。

「なら、思い通りになるまで、こうするだけだな」

ただ、駿介はそう言い返すと、開いた伊万里のシャツとカーディガンをさらにはだけ、そのまま細い肩から強引に下ろした。

「駿ちゃんっ!!」

「力ずくが嫌なら、快感で従わせるまでだ」

伊万里の身体をねじって、中ほどまで剝いだ上着で、両腕を後ろ手に縛り上げた。

「なっ!!　――――やっ!!　解いてっ。解いて、怖い!!」

両手の自由を奪われた伊万里に、不安と恐怖が蘇る。

「駿ちゃん、お願い。腕を解いて!!」

必死に身体をゆするが、駿介の両手は伊万里のベルトを解いて、ファスナーを下ろしている。

「駿ちゃん!!」

そうして無残なぐらいにズボンを下着ごと剝がれると、伊万里は素肌を晒した下腹部に、熱い視線を感じた。

「やっ」

ピクンと身体が引きつったときには、ペニスを掴まれ、顔を伏せられた。

「――――っ」

駿介の舌先が、伊万里のそれを嘗め上げる。白い肌が瞬時に、淡い桜色へと変わる。

「よして…っ、駿…っちゃ」

どれほど抵抗しようが、覚えたての快感が、伊万里の身体をくねらせる。

後ろに両手を取られてか、余計に感覚が研ぎ澄まされてくる。

「あ」

駿介の口内を出入りするペニスは、伊万里の抵抗とは別に、その欲望を膨らます。

「いい味だな」

「っ!!」

括れをなぞられて、太腿《ふともも》が引きつった。

「こんなところまで、お前は男を虜《とりこ》にする」

駿介は伊万里のペニスを貪る傍ら、その手で火照った体を撫でつける。

羞恥に震えながらも、確かに感じ始めている。そんな伊万里の肉体を確かめるように、淡いヘアを撫でつけると、そのまま探るように、指の先を後孔へと滑らせた。

「――――なんだ？　この手当てのあとは」

しかし、硬く閉じた伊万里の蜜部に触れると、駿介は怪訝《けげん》そうな声を漏らした。

「…っ」

唐突な追及に伊万里が頬を染めると、撫でつけた指の先を捻《ひね》り込んだ。

「誰にやらせた」

「痛いっ!!」

「まさか、勤め先だっていうのに、肛門科にでも駆け込んだなんてことは、あるまい？　ってことは、同僚にでも頼んだのか？　それとも、馴染みの看護師か？」

伊万里が悲鳴を上げても、それは奥へと進んでいく。

「こんな、中まで薬を入れられて…。それで感じて、よがったのかよ。こんなふうによ」

「んんっ!!」

それどころか、中を確認しながらも前立腺を擦られ、伊万里は大きく身体を仰《の》け反らせると、駿介の頬に白濁を飛ばした。

「っ…」

言い知れぬ快感と罪悪感が、伊万里の胸を締めつける。

「イッたのか。感じやすいというか、淫乱《いんらん》というか。他愛もないな」

だが、駿介の指は、それでも伊万里を責め立てる。

「兄貴によっぽど仕込まれたのか？　それとも、職場で実習だか、研修だかって名目で、名だたる東都卒の先輩医師たちにでも、可愛がられたのか？　ん？」

数を増やすと、薬で滑る肉壁を縦横無尽にかき乱し、悶《もだ》える伊万里を眺め下ろした。

「お前なら、誘惑される患者も多いだろうな。中にはこっちも治療してくれって、迫る馬鹿もいたんじゃないのか？　白衣のマリアちゃん」

「――――っんんっ」

立て続けに絶頂へと追いやられ、伊万里は全身を硬直させた。

駿介は指を引き抜くと、身体を起こして、伊万里の顔を覗きこむ。

「あれから、誰とどれだけキスしたんだよ。俺とはしたくなかった、キスを。こういうことをさ」

『駿ちゃん――――嘘でしょう？』

泣き出してしまいそうなことを問われて、伊万里の唇が震えた。

「まさか兄貴一筋だったなんて言わねぇよな？　だとしたら、逆にすげぇムカつく」

あの日の約束から昨日という日まで、伊万里の唇は他人を知らずにきた。

無理やり肉体を奪われたときでさえ、唇だけは守り抜いた。

猿轡《さるぐつわ》の代わりに噛まされたタオル。それを外されたときには、舌を噛み切ってやる。万が一にも唇を合わせられたら、相手の舌をも噛み切って、死んでやろうとまで思って守り抜いた唇だったのに、それをこんな形で侮辱され、伊万里は堪えきれずに涙が溢れた。

「全部ぶっ壊してやりたくなるぐらい、ムカつくぜ」

「ひどいっ!!　そんな…っ、ひどいよっ」

黒河は、これでも駿介は伊万里を思い続けていたのだろうと言った。伊万里の身体には、力ずくではあっても、愛した痕しかない。暴力では、こうはならないと口にしたが、そんな言葉さえ信じられなくなってくる。

「何がひどいんだよ。こんなに感じておいて」

今の駿介どころか、過去の駿介さえ、伊万里の中で壊れていく。

「復讐《ふくしゅう》なら、復讐って言えばいいじゃないか」

そうして思いは、言葉になった。

「復讐？」

「いまだに俺を…みたいなこと言わないで。あのときの腹いせだって、言えばいいじゃないか!!」

駿介の言動のすべてがわからない。

だからそうとしか考えられず、伊万里は駿介に向けて、悲痛な胸のうちを叫んだ。

「腹いせ…。昔フラれた、腹いせね」

だが、駿介は苦笑を見せただけだった。

「そう言われると、そうなのかもな。お前を見ると虐めたくなる。俺の下で、喘《あえ》がせて、よがらせて、屈服させたくなる」

否定せずに、肯定した。

「昔はここまで思わなかった――――。ってことは、可愛さ余ってって、ことなのかもな」

『俺の馬鹿。何を期待して、こんなこと口にしたんだろう。駿ちゃんに、何を言ってほしくて、こんなこと口にしたんだろう？』

伊万里の目じりからは、涙が溢れて、止まらなかった。

『憎しみ――――だったんだ。駿ちゃんのこれって、本当にそういう意味だったんだ』

ふと、先ほど基哲たちが漏らした言葉を思い出す。

『だったら、殴られたほうがいいよ。文弥さんや基哲さんたちみたいに、愛情で殴られたほうが、まだいいよ!!』

彼らほど、愛されていない。だけならまだしも、憎まれている。

その衝撃は、昨夜のことより過去の恥辱より、伊万里を一番傷つけた。

「――――なら、好きにすればいい。俺を、気がすむまで嬲《なぶ》ればいい」

身体も心も投げ出して、この場で捨ててもいいと思うほど、伊万里を自暴自棄に追い込んだ。

「渉？」

「でも、流一さんには謝って。一度でいいから、流一さんに謝って!!」

ただ、それでもたった一つ、投げ出せないものはあった。

「自分がしたこと、流一さんの夢も何も壊したこと、きちんと認めて謝って!! 俺が駿ちゃんを傷つけたことは、何度でも謝るし、いくらでも復讐されるよ。でも、だったら駿ちゃんも自分がしたことで、流一さんを傷つけたこと。自分が犯した罪で、流一さんを巻き込んで苦しませ続けたことを、心から謝ってよ!!」

駿介への思い、抱き続けた愛情を投げ出した分、むしろこれだけはという気持ちばかりが、高まった。

「知るか、んなこと」

「卑怯者《ひきょうもの》っ!!」

「なっ」

「自分は俺に傷つけられたって報復してるのに、傷つけたことには知らん顔なの？　流一さんの未来も夢も奪っておきながら、謝りもせずに逃げ出して、知らん顔なの!?」

伊万里は、こんなに誰かを詰ったのは、生まれて初めてのことだった。

「流一さんは、それでも駿ちゃんに復讐しようなんて、考えてなかったよ。消えた駿ちゃんを追いかけ続けたのは、心配だったからで。大事な弟だったからで。受けた痛みを返してやろう。同じように、味わわせてやろうなんて、思ってのことじゃないよ!!　なのに、なのに…、どうして駿ちゃんは謝ることもできないの!?」

それも大好きな相手を。大好きだったはずの相手を、心から罵倒《ばとう》するなど、自分でも信じられない思いがした。

「せめてお墓に向かって、ごめんって言うこともできないの？」

しかし、一度口火を切った伊万里は、自分で自分を抑えることができなくなった。

これだけは口にすまいと思っていた分、歯止めをかけることも、できなくなってしまった。

「流一さん…、死んじゃったんだよ。苦しんで、苦しんで…、なのにそれでもどこにも逃げず戦い抜いて、死んじゃったのに。なのに…どうして駿ちゃんはそうなの？　せめて、流一さんの気がかりだけでも、なくしてあげようって、思わないの？」

「――――思わねぇよ」

けれど、そんな伊万里から視線を逸らすと、駿介はボソリと言った。

「え!?」

「ふざけるな――――。何が復讐しようなんて考えなかっただ。何が大事な弟だ。あの男は、命がけで俺に復讐したじゃねぇかよ。最後の最後に、お前の力を借りてまで、生きたくねぇって。自分の身体で示したじゃねぇかよ!!」

「っ？」

悲鳴のような怒鳴り声を上げると、伊万里の身体を放り出し、身体ごと背を向けた。

「あの男は、死んでも俺には縋りたくなかったんだよ。俺に頼りさえすれば、死なずにすんだかもしれない。そんな可能性さえ捨てるほど、俺のことは憎みきって、死んで逝ったんだよ」

伊万里は、吐き捨てられた言葉だけでは、駿介の気持ちがわからなかった。

「そんな奴に、謝罪なんかするもんか。誰がなんて言ったところで、絶対に死んだ男に、俺は謝罪なんかしねぇよ」

駿介の流一への思いを、読み取ることができなかった。

「何をしたところで、返事もない。文句もない。奴は、善人面して命がけの復讐を俺にしていった。俺はもう、返り討ちにすることも、できねぇんだからな」

「っ、駿ちゃんっ!?」

駿介は言うだけ言うと、伊万里に視線を戻して、手枷となっていた上着を解いた。裸体にバサリと上掛けだけをかけると、何も言わずに部屋を出て行った。

「――――駿ちゃん!?」

声を上げたところで、戻らない。

「二代目、どうなされたんですか?」

「寶月。渉を部屋から出すなよ」

冷ややかな駿介の言葉だけが、伊万里の耳に響いてくる。

「え? どこかへ行かれるんですか?」

「ちょっと気晴らしに出てくる。誰か、車を回せ」

「――――…っ、二代目」

戸惑っているのは伊万里だけではない。寶月たちも、駿介の唐突な言動には困惑している。

『駿ちゃん…』

伊万里は、痛む身体をどうすることもできずに、ぐったりとすると、駿介が吐き捨てた言葉の意図を必死に探った。

『もしかして、流一さんからドナーの話が来なかったことに、怒ってる? 俺が、連絡先を知っていたのに、知らせなかった。そう思ってる?』

感情のままに発せられただろう、流一への憎悪の意味を探ると、その憎しみほど深い傷を負っていることに、改めて気がついた。

『――――……ううん。違う。そうじゃない。あれは、あの言い方は、そうじゃない。駿ちゃんは、流一さんから連絡がなかったことに、悔しがってる。流一さんが駿ちゃんの居場所を知りながら、死ぬまで連絡しなかったことを哀しんで、本当は誰より傷ついてるんだ』

病魔に侵された流一が、駿介の居場所を知りながらも、連絡を入れなかった。

生きるための唯一の望み。骨髄移植のためのドナーを心待ちにしながらも、同じ血液型の駿介にだけは何も知らせなかったことが、駿介にとっては最大の悲痛。流一からの、最後の一太刀のように思えて、やりきれないのだろう。

『でも、だから、それを俺にぶつけてるってわけじゃない。やっぱり、俺は俺で、駿ちゃんには、憎まれてる。きっと、あの日から。あの日から俺は、笑顔の下で憎まれてたんだ』

ただ、だからといって。それがわかったところで、伊万里を救ってくれるものは、何もなかった。

愛ではなく、憎しみで犯された。復讐から、陵辱された。

この事実から、救ってくれるものは、どこにもない。たとえどんな名医でも、今夜の傷は治せない。癒せないと、伊万里は自分の身体を抱きしめた。


それでも駿介は、翌日も伊万里を抱いた。

「大分慣れてきたな。俺のものに」

その次の日も抱いた。

「はあぁっ、んんっ」

駿介は駿介で、伊万里を抱くことで、何かを吹っ切ろうとでもしているのだろうか？

それとも、死んだ流一から伊万里を奪うことで、ささやかな復讐でもしようとしているのだろうか？　伊万里は仕事にも出してもらえないまま、駿介の部屋に、昼夜閉じ込められた。

好きにすればいいと言った言葉のままに、駿介が部屋に戻ると、求められるがままに、身体を投げ出した。

『記憶が、過去の記憶が、確実に書き換えられていく』

だが、そんな行為が一週間も続けば、駿介の言葉が勢いだった、売り言葉に買い言葉だったことは、先に身体が気がついた。

『俺の中に、今の駿ちゃんばかりが、刻み込まれていく』

繰り返されるセックスに、嘘はない。愛撫には、真実しか込められていない。

『こうしていれば、あの忌まわしい事実は、消えるんだろうか？』

言葉はなくとも、思いはある。それは肉欲だけではなく、激しい情愛、駿介が、どこにも出せずに抱え続けたであろう伊万里への情愛なのだということは、肌に落とされる唇の一つからも、しっかりと感じ取ることができた。

『穢れた俺は、穢された身体は、少しずつでも払拭されていくんだろうか？』

しかし。そうなると、そうなったで、伊万里の苦しみは、再び原点へと返った。

〝渉…。お前も、お前の純潔も、俺のものだからな〟

〝――――ん〟

思えば伊万里の運命も、駿介の運命も、そして流一の運命さえも変えてしまったのは、あの日の悲劇が始まりではないか。発端ではないかと、抱かれるたびに思い起こした。

〝すげぇ。すげぇ、こいつ、しめつけてない？　早く俺たちにもやらせろよ〟

〝もう、我慢できねぇ。ちょっとぐらい悲鳴上げてもいいから、しゃぶらせてやる〟

毎晩のように悪夢に苛まれ、解き放たれたはずの伊万里の心を蝕んだ。

〝外すな!!　そいつの口を自由にしたら、舌噛むぞ!!〟

〝――――は!?　そんな、江戸《えど》時代の女じゃあるまいし。これじゃあフェラどころか、キスの一つもさせられねぇじゃん。んな、つまんねぇよ〟

肉体に刻み込まれた記憶は書き換えられても、その分脳裏に焼きついた会話は、より鮮明に思い起こされた。

〝外すなって言ってんだろう!!　テメェは、チンポかその舌、噛み切られたいのかよ!!〟

〝っ…なにっ!!〟

〝見てて、わかんねぇのかよ。こいつは一晩や二晩じゃ、堕ちねぇよ。いや、何日かけていたぶったところで、可愛がったところで絶対に堕ちねぇ。俺らみたいなクズには、屈服も服従もしねぇ。それをするぐらいなら、平気で窓から飛び下りる。下手すりゃ、刺し違えられるぞ〟

突然現れた、顔もわからない魔物たち。

〝可愛い顔して、マジ惚れちまいそうなぐらい、頑固で強情だ。けど、だからこそ、とことん穢したくなる。こいつの中に、こいつの記憶に俺の身体だけでも、刻みつけたくなる〟

思うがままに伊万里を傷つけ、犯して消えた悪魔たち。

〝お前は俺以外、知らなくていい。そんな馬鹿なことを、本気で考えさせる――――〟

その記憶と嫌悪感に、伊万里はその後幾夜苦しめられただろう？

おぞましいほどの悪寒と吐き気は、ことあるごとに、幾千夜続いたことだろう？

「いやぁっっっ!!」

伊万里は、どれほど自分を奮い立たせても、潜在意識の中に刻みこまれた恐怖とショックだけが、いまだに追い出せない事実に心を痛めた。

『…っ…また、あの夢っ』

「――――どうした？」

駿介に抱かれる悦びを植えつけられれば植えつけられるほど、蘇ってくる過去をどうすることもできなかった。

『駿ちゃん…』

「渉？」

そうして今夜も自分の悲鳴で目を覚ますと、ベッドの傍らに身を置いていた駿介が、そっと肩を抱いてきた。

『駿ちゃん…っ』

「なんだよ。啼くほどよかったのかよ」

クスクスと笑いながらも、外耳や涙に濡れた頰に、唇や舌先を這わせてきた。

「だめっ!!」

悪戯《いたずら》めいた利き手が、布団の中で伊万里のペニスをチョンと小突く。

「汚いっ!!」

「何が？　俺がか？」

その手はあっという間に閉じられた脚をこじ開け、伊万里の後孔を探った。

「違っ…ぁんっ!!　やめてっ。汚いから、やめて」

「わけわかんねぇな。ここ、気持ちがいいんだろう？　だからさっきまで、俺のものをぶち込まれて、喘いでたんだろう？　それが証拠に、ほら。弄《いじ》ってやると、ちゃんと反応する」

「…っ、駿ちゃんっ!!」

どんなに伊万里が身体を捩ったところで、中へともぐり込んでは、すべてをかき乱す。

「白い肢体も、淡く色づいたペニスも、羞恥と快感で、ふるふると震えてる。まるで生娘みたいに、恥じらいながらも感じて震えてる」

「あん…っ、駿っ…ちゃ」

肉体も記憶も快感と愉悦だけに支配され、伊万里が嫌悪するほど、悶え乱す。

「お前は、綺麗だよ。渉」

「っ!?」

けれど、そんな伊万里に、駿介は言った。

「瞳も、唇も。顔も身体も、何もかもが綺麗で、真っ白で。だからこの手で、剝ぎ取りたくなる。汚しても、穢しても。何をしてでも、自分だけのものにしたくなる」

伊万里のすべてを抱きながら、愛しながら言った。

「いっそ、俺以外のことなんか、忘れちまえばいい。今の俺以外、兄貴も何も、過去の俺さえ、お前の記憶の中から消えちまえばいい」

長くて、頑丈な指が、伊万里の奥をくすぐる。

「渉は綺麗で可愛いよ。可愛いほどに、逆らうところが、憎くて憎くて、たまらねぇ」

それは本気？　冗談？　そう聞きたくなるような甘い囁きで、耳の奥もくすぐってくる。

「どうしたら、元の可愛いお前に戻るんだろうな？　あのころのお前に——」

『駿ちゃん…っ』

この手にすべてを委《ゆだ》ねてしまえば、戻れるのだろうか？

「あぁっ」

「ほら、身体の力を抜け。お前のここを弄ってたら、入れたくなっちまった」

今いる漢にすべてを差し出してしまえば、絶対の信頼と愛情しかなかった遠い昔に、戻れるのだろうか？

「俺を感じろ」

「あぁっ…っ」

伊万里は身体を重ねて入ってきた駿介に身を任せると、明かりの落ちた部屋の中で、白い身体をくねらせた。

「身体の一番奥で、俺を記憶しろ」

駿介は伊万里の身体を抱いたまま身体を起こすと、自身を埋めたまま胡坐《あぐら》をかいた。

『――……っ、駿ちゃん』

一際奥深く入ってきたそれは、伊万里の両腕を自然と駿介の肩へと回させる。

「こうやって、俺だけを記憶して…ちゃんと記憶できたら、明日から出勤してもいいぞ」

駿介に臀部を掴まれ誘導されると、いつしか自分からも揺れ動く。

「駿ちゃん?」

「一週間もバックレて、クビになってないなら。これだけ痛めつけた身体を起こしても、行きたいなら。行ってもいいぞ」

快感と優しいだけの言葉が、伊万里の全身を支配する。

「ただし、送迎には文弥と若い衆をつける。以前、文弥と交わした約束も守れ。いいな」

心のどこかで、こんなのは浅ましいだけの行為だと思っていたものが、伊万里に覚えのない至福をくれる。

『駿ちゃん…っん』

伊万里は、駿介の肩を抱きしめると、今夜は初めて自ら達した。

「なんだ、こんなことのほうが嬉しくて、イッたのか。お前も、案外薄情だな」

駿介自身を自ら感じて、蠢《うごめ》くそれに身体を震わせ、小さな喘ぎ声とともに溜息を漏らした。

『俺は駿ちゃんの人形じゃない。誰のものでもない。そのはずなのに、その一言が、もう出ない。口からも感情からも、出てこない――――』

駿介はぶっきらぼうな口調とは裏腹に、伊万里の胸に顔をうずめると、硬くなった桜色の果実に、チュッと口付けた。長く逞しい腕の中に伊万里を抱き包むと、その後も繰り返し口付けた。


翌日、伊万里は内科部長の自宅に直接連絡を入れると、謝罪をしてから病院に向かった。

正直、生まれて初めての無断欠勤だった上に、一週間という長期だったこともあり、「もう来るな」と言われることは覚悟していた。

だが、同じ内科には黒河と仲のいい、それでいて副院長の弟でもある和泉がいた。それ以上に、流一のことで伊万里が胸を痛めていたこの一月《ひとつき》。心身共にそうとう無理をしていたことは、周知だったためか、空白の一週間は、さして問題なく処理されていた。むしろ電話の向こうでは、安《あん》堵《ど》した声さえ聞こえ、伊万里は胸を撫で下ろしながらも、罪悪感に胸が痛んだ。

それを少しでも消化するために勤めようと、文弥たちの送迎で病院へと向かった。

「――――っあ、嘘。倒れた!?」

しかし、そんな通勤途中の、信号待ちでのことだった。

「えっ？　渉さん」

伊万里は反対車線の歩道を歩く親子づれのうち、父親のほうが急に胸を押さえて蹲《うずくま》るのを見つけると、そのまま車道へと飛びだした。

「っ、マジかよ!! 渉さん!!」

横断歩道を走って、すぐさま親子の元へと駆けつける。

「パパ!!」

五歳ぐらいの子だろうか? 女の子が今にも前のめりになりそうな父親を必死で支える。

「どうしたんですか!? どこが苦しいんですか？」

伊万里は男の傍に膝を落とすと、その肩に手をやった。

「――――っ…っ胸が…、急に」

男は縋るように伊万里の身体に手を伸ばすと身を崩し、抱きつくようにして倒れ込んだ。

「っ…うっ!!」

が、この瞬間に顔色が変わったのは、伊万里のほうだった。

「…っ、渉さん!?」

『どうして？ この感覚…。なんでこんなときに…、急に』

伊万里は男の身体を支えながらも蒼白になると、こみ上げてきた吐き気に全身を震わせ、自分のほうが身を崩した。

『まだ…治りきってなかったのかな？ 俺は、これを一生引きずるしか、ないのかな？』

医師という職務感からかここ数年出ていなかった。改善されたとばかり思っていたＰＴＳＤの症状に襲われると、自分のほうがパニックを起こしそうになった。

「渉さん⁉」

文弥が慌てて、男から伊万里を引き離し、心配そうに手を翳《かざ》す。

「さわらないで‼」

「――――っ‼」

けれど、それさえ受けつけられずに拒むと、伊万里は口元を押さえながら、身を縮ませた。

『落ち着け。落ち着け。お前が落ち着かなかったら、この子の父親は、どうなる？』

自分に暗示をかけるように言い聞かせると、発作が止まらない状態ではあるが、どうにかパニックだけは回避した。

『渉さん…、なんで急に？』

文弥はどうしていいのかわからない。まるで思い当たらない自分に苛立ち、唇を噛む。

「っ…、ごめんなさい。文弥さんっ…。でも、俺のことよりすみませんが、この方に救急車をお願いします。一刻を争うかもしれません…だからっ…ぐっ」

が、そんな文弥に一報を頼むと、伊万里はその後、救急車が来るまで、歩道の隅に蹲った。込み上げる嘔吐感と、止まらない震えを堪えながらも、必死に自分を落ち着かせることに、努力をし続けた。

『駿ちゃんっ…っ。助けて、駿ちゃん』

それでも数分後――――。

「倒れたのは、どちらの方ですか？　あなたですか？」

「いいえ、俺じゃありません。そちらの男性です。胸が苦しいと言っているので、お願いします」

伊万里は救急車が駆けつけると、自らを奮い立たせて、対応に当たった。

「あなたは、ご家族かお知り合いですか？」

「いいえ。そこの東都医大の医師です。たまたま通りかかって。こちらの方には、小さなお子さんしかいないので、必要なら、同行しますが」

一度は自分が患者と間違われるような状態にありながらも、行きずりの親子のために、最善を尽くした。

「それはありがたい。では、お願いしてもよろしいですか？」

「はい。――――ってことだから、文弥さん。ごめんなさい。俺、このまま救急車に同乗して、病院に行きます」

「わかりました」

そうして伊万里は、鳴り響くサイレンの音と共に、文弥と別れた。

「パパ…っ」

「大丈夫だよ。心配しないで」

『女性や子供なら、平気なのに――――。駿ちゃんだって、黒河先生だって大丈夫だったのに――。どうして…急に？　やっぱり、知らない男性だからかな？』

車内で怯える子供を抱きしめながら、自分と大差ない年頃の男の姿に、自分を責めた。

「救急車が到着しました！」

「よし、運び込め」

車は東都の門を潜《くぐ》ると、すぐさま救急病棟の搬送口へと到着した。

「伊万里くん！」

「富田《とみた》先生」

迎え出たのは、救急救命部の部長・富田。毅然《きぜん》とした姿で白衣を翻す紳士の姿に、伊万里は心からホッとした。

「どうした、この患者は、君の知り合いなのか？」

「いえ、ここに来る途中で、偶然…」

「――――そうか。ま、こんな小さな子までいたんじゃ、放ってもおけないな。部長に説明して、家族が到着するまで、ついててやってくれるか」

「はい。わかりました」

その後は富田の言いつけどおりに子供の面倒を見ると、子供から家庭に事情があることや、父一人子一人であることを聞くと、ますますその場からは離れられなくなった。

「ノンのパパ、死んじゃうの？」

病院に運び込まれて、しばらくの後に出された結果は、切迫心筋梗塞《せっぱくしんきんこうそく》だった。

それもかなり状況が悪く、男は自らの了承サインだけで、緊急手術に向かうこととなった。

「大丈夫だよ。パパは必ず助かるよ。パパのために、一番すごいお医者さんが、駆けつけてくれたんだ。だから、絶対に大丈夫だよ」

腕の立つ医師は、院内に溢れている。だが、最短時間で手術を検討した場合、やはり執刀は外科部のエース、その手技とスピードは他を寄せつけないことから、黒河が呼ばれて急遽《きゅうきょ》担当することとなった。

「どうした？　黒河。助手に俺を呼ぶなんて。清水谷はどうした？」

しかも、今日に限っては珍しく、同期の執刀医、池田《いけだ》（35）も同行していた。

「インフルエンザで休みだ。けっこう、院内に蔓延《まんえん》してる。欠勤者が多い」

二人は久しぶりに同じ患者に向かうことになると、患者の状況を綴《つづ》ったカルテや、CTを確認しながら、手術の進行確認をしあった。

「はっ!?　しょうがねぇな――っ？　なんだ、この傷痕《きずあと》は。最近のものか？」

が、そんな患者の資料を眺めるうちに、池田がつぶやく。

「いや、それは…」

「黒河先生、手術室の手配ができました!!」

どこからか、看護師の声が響く。

「――っと、時間だな。頼むぞ、池田。今になってお前に助手を頼むのは心苦しいが、下手な奴に立ち合わせると、面倒だからな」

「了解。白羽の矢が立って、光栄な限りだ」

二人は揃って手術室へと移動した。

「馬鹿言ってら」

伊万里が泣き疲れた子供に笑顔で術後の報告をしたのは、それから数時間後のことだった。

6

一週間ぶりの出勤だというのに、その日は実に慌ただしく過ぎた。

伊万里は意識を取り戻した患者に子供を面会させると、その後は院内に設置されている二十四時間対応の保育施設に預けて、迎えの車で帰宅した。

「――――今帰った」

「駿ちゃん。お帰りなさい」

鳳山組の本家。母屋敷は、広尾《ひろお》にある病院から、そう離れていない品川《しながわ》の高輪《たかなわ》にあった。

「渉。あれほど移動中に勝手な行動は取るなって言ったのに、出勤途中で車を飛び出して、病人を拾ったんだってな」

だが、明らかに自分のほうが先に屋敷へと戻ったはずなのに、駿介は今朝の出来事をすでに知っていた。

「ごめんなさい――――、駿ちゃんっ!? そんなことよりこの顔!? この頬、どうしたの？」

「別に。お前が気にすることじゃない」

しかし、伊万里が駿介の頬にできた傷に気付いて問いかけると、今朝のことはそれ以上の追及をされなかった。

「それより、寶月。話がある。ちょっと来てくれ」

「はい」

駿介は、伊万里との会話もそこそこに寳月を呼びつけると、別室に籠《こも》ってしまった。

「駿ちゃん」

何かこれまでとは違う。だが、追いかけてまで、聞けるムードではない。

『やっぱり、明日からはもう行くなって言うのかな？　それとも、何度言っても聞かない俺のことなんか、もう知るかとか思ってるのかな？』

伊万里はどうしたものかと考えると、廊下に佇《たたず》み、広々とした中庭を眺めた。

おぼろげに浮かぶ月を見上げて、つい軽い溜息を漏らした。

「あの、渉さん。ちょっといいっすか。こっち。こっちの部屋に――」

「基哲さん？」

だが、そんな溜息は、基哲や他の若い衆の呼びかけで、すぐさま重いものに変わった。

今日という日に、駿介と行動を共にしていた、そんな彼らから事情を聞くことで、駿介の様子がなぜおかしいのか、あれが私情ではなかったことが、明らかになった。

「――そう。それじゃあ、あの怪我は以前駿ちゃんが潰した組の残党に襲われて、負ったものだったんだ。そういうことが、本当にあるんだ」

「申し訳ありません!!　俺らが傍にいながら、二代目にあんな怪我を」

「勘弁してください。渉さん」

基哲を含む若者四人は、伊万里を前にすると、揃いも揃って土下座に及んだ。

自分の怪我の手当てもしていないというのに、まずは謝罪をと、頭を下げた。

「あんな怪我って、駿ちゃんに比べたらみんなのほうが、よっぽどひどいじゃない。ほら、手当てしてあげるから。ちゃんとシャツを脱いで見せて。背中に血がついてる…。もしかしたら、自慢の生首が、落ち武者になっちゃってるかもしれないよ」

伊万里は部屋にあった救急箱に手を伸ばすと、基哲たちに向かってやれやれという顔をする。

「すんませんっ。それ、何がどう変わるんだか、よくわからない例えなんすけど」

お言葉に甘えてと、シャツを脱いだ基哲に背を向けさせ、かすった程度ではあるが、刃物のあとが残った背中を直視すると、消毒液を手に取った。

「あ、そう言われるとそうかも。っていうか、この切り傷は、あえて残しといたほうが、迫力倍増になるかもしれない。生首がブラックジャック先生みたいになってるから」

「え⁉」

けっこうな言われように、ギョッとしている基哲たちを他所に、伊万里は救急箱から、ピンセットとコットンを探し出す。

「嘘。ちゃんと手当てしないと、ばい菌が入ったら、大変だよ。どんな病気になるか、わからないし。そうでなくとも、こんなに皮膚呼吸のできない背中、百害あって一利なし。寿命削って、粋《いき》がってるようなものなんだから、せめて手当てだけはしっかりしておかないと」

手際よくピンセットで摘《つま》んだコットンに、たっぷりと消毒液を染み込ませると、クスクスと笑いながらも、それを基哲の背中へと向けた。

「――――え⁉　そうなんすか。これって、寿命減るんすか？」

「統計的には、そうらしいよ。でも、そりゃそうでしょ。生身の身体に針を刺して、色入れをしてるんだから。せっかくの健康な組織を、広範囲にわたって、破壊してるんだから」

「痛《い》てぇ!!」

屈強な漢が思わず声を荒らげたのも気にせず、濡れたコットンで傷口を消毒していく。

「こんなの序の口。やられたときはもっと痛かったはずだよ」

その後は、あえて沁《し》みる薬を選んでないか？　と突っ込みたくなるような塗り薬をペタペタと塗っていくと、最後は油紙とガーゼを重ねて宛《あ》てがい、テープでピッと貼《は》りつけていった。

「ぷっ。生首が、鼻の頭を怪我したみたいになってる。なんか、情けな～い」

「渉さんっ、後生っす。俺の背中で遊ぶのだけは、勘弁してくださいっ」

「遊んでないよ、本気。だって、どんなにカッコよく入れても、怪我したら、こうなるんだよ。これが竜でも虎でも一緒。昇り鯉《ごい》なんかだったら、ただの切り身になりかねないし」

悲鳴を押し殺してる基哲の背中を、テープと共に、バンバンと叩いて言った。

『痛いっ。渉さんってば、可愛い顔して、真剣に痛いこと言う』

『若頭の背中には、鯉の滝昇りが入ってるのに。昔、背中をばっさりとやられた傷も残ってるのに。知らないとはいえ、切り身って言ったよ、切り身って。若頭が聞いたら、泣くかもな』

しかし、それでも伊万里は傷を負った背中を見つめて唇を噛むと、その姿で男たちの胸を、いつになくキュンとさせた。

「わかってるはずなのに。暴力は、振るっても振るわれても痛いだけ。身体も心も、傷を負うだけ。なのに、どうして…？」

切なげにそう問われる基哲も、痛む背中より、なぜか心が痛んだ。

「渉さんは、頭のいい人だから。お医者さんになっちゃうぐらい、勉強もできてエリート人生を歩んだ人だから。痛い目みねぇとわからねぇ馬鹿の気持ちは、わかんねぇと思いますよ」

だが、だからだろうか？　基哲は言うつもりもなかったことを、つい口にした。

「それは、言い訳にしか聞こえない。身体や精神が痛みを知るのに、偏差値なんか関係ないでしょ。やったらこうなるって想像するのに、特別な知識や教養はいらないでしょ」

「それはそうですけど。でも、それでも力でなきゃ、駄目なときはあるんすよ。雄は本能の生き物っすから、圧倒的な力の誇示でなきゃ、曲がったものも、真っ直ぐにならない。歪んでいたことを認めて、正せないってときはあるんすよ。特に道を外れた雄にはね」

渉に自分を知ってほしくて、理解してほしくて、感情が先立つままに口にしてしまった。

「基哲さん」

「これ――――、見てください。薬のあとっす」

そうして振り返ると、自分の左腕に残る、無数の針のあとを見せつけた。

「え!?」

「今は、やめました。ってか、二代目のおかげでやめられました。二代目が身体張って、俺を救ってくれたから。一緒に堕ちるところまで堕ちて、救い上げてくれたから。俺は、多少はまともな人間に戻りました。それでも、そうとう多少っすけどね」

今更こんなことを口にするなどとは思っていなかったが、渉には今の自分や、駿介、そして周りの漢たちを認めた上で好きになってほしくて、微苦笑を浮かべながらも口にした。

「――――…っ基哲さん」

「二代目は、なんていうか、拳の使い時ってやつを知ってる人です。言葉じゃわからない。力でなきゃ、納得できないって漢を、見極めるのは天才的です。ただ、その分、言えばわかるっていう奴には、見ててイライラするほど気が長いんで…。それが裏目に出て、先に痛手を負うことも多いです。もちろん、こうやって俺らまでもが痛手を負ったときの返しは早いですけど…。それでも、普段の二代目は、本当に尊敬するぐらい辛抱強いんですよ」

ずっとここにいてほしくて。駿介ごと自分たちも愛してほしくて。そして極道という種類の雄がいることを受け入れてほしくて、とりとめもないことをばかりを、口にしてしまった。

「見てて、きっとイライラさせてますね、俺」

しかし、基哲の思いは、伊万里には大きすぎた。まだまだやっとここに慣れた。が、決して馴染んでいるわけではない伊万里には、受け止めきれることではなかった。

「え!?」

「はい。終わりです。これ、鎮痛剤ですけど、ちゃんとお水で飲んでくださいね」

ただ、それでも基哲からの思いもよらない言葉の数々は、伊万里にこれまでにない考えをもたらせた。

「――――…っ。はい」

『拳の使い時――――か』

拳どころか、誰かの頬に平手を打ったことさえ、あれが初めて。今の駿介が初めてという伊万里に、そんなものが世の中にはあったのか。そんな時があるのかと、初めて思わせた。


それから数日が経った、三月も終わりのことだった。

「それじゃあ、渉さん。行ってらっしゃいませ」

「はい。行ってきます」

病院の敷地内には、いたるところに散り急ぐ桜の花びらが舞っていた。

そんな花びらが飛んできたのか、伊万里は車を降りると、すぐには歩き出さずに目元を擦った。

「どうされましたか？　渉さん」

と、それに気付いた文弥が車を降りた。

「大丈夫です――――っ、蓮沼《はすぬま》さん!?」

しかし、伊万里はここで、子供と共に病院を出ようとしていた先日の男、まだまだ手術を終えて、ようやく一般病棟に移ったはずの蓮沼を目に留め、慌てて走り出した。

「あ、渉さん。またですか!?」

何事かと思い、文弥も伊万里のあとを追う。

「何をしているんですか!?　蓮沼さん。誰の許可を取って、こんなところにいるんですか!?」

「――――っ!! 離せ!! ここにいたら、殺される。俺は今度こそ、殺される!!」

伊万里が駆けつけ、その腕を取ると、蓮沼は渾身《こんしん》の力で振り放した。

「蓮沼さんっ!?」

「わかってるんだぞ。優しい顔して、俺に恨みを晴らそうっていうんだろう? 今こそあのときの、あの日の復讐を、しようっていうんだろう!? 今度はその物騒な男でも使って!!」

それどころか伊万里に対して威嚇とも、怯えとも取れる眼差しを向け、怒鳴り散らした。

「でも、だったらどうして放っておかなかったんだ? そのまま見殺しにしなかったんだ!?」

「なんのことです!?」

「知らん顔するなよ!! それとも、今度は医療ミスでも装って、俺を殺るのか!?」

「蓮沼さん!?」

ただごとではない蓮沼の様子に、伊万里のほうが戸惑ってくる。

「触るな!!」

「テメエ!! 渉さんに何をする!!」

しかし、どうにかして病室に戻そうとした伊万里に蓮沼が拳を振り上げると、見かねた文弥がその腕を取って、その場に膝を折らせた。

「うわっ…っ」

後ろ手に腕をねじり上げたが、

「パパ!!」

「やめて、文弥さん」

子供と伊万里の悲鳴が同時に響くと、仕方なしに手から力を抜く。

「――――蓮沼さんも、わけを言ってください。一体どうしちゃったんですか？」

伊万里は、自身を落ち着かせるように深呼吸をすると、その場に膝を折ったままの蓮沼に視線を合わせて、問いかける。

「子供の前で言わせるぐらいなら、殺せ」

「っ!?」

「俺はいい…。どうなっても、いい。だが、この子だけは助けてくれ。こんな俺の子だが、この子に罪はない。頼むから――――…、頼むからっ…、見逃してくれ」

だが、ひどく興奮していたはずの蓮沼は両手をつくと、地面に額がつくほど身体を曲げて、伊万里に謝罪し始めた。

「俺が悪かった。俺が、全部悪かった!!」

『感情が高ぶりすぎて、誰かと俺を勘違いしてるんだろうか？　それとも、心臓以外に精神のほうで、何かもともと病んでいた？』

伊万里は、子供の口から「パパは建築会社の営業マンだ」としか、聞いていなかった。

それだけに、何か職場でのストレスも原因なのか？　育児との両立に、疲れていたのか？

そこから、発作的な被害妄想などを起こすような持病を持っていたのか？　と、病的な理由ばかりを考えた。

「俺は、殺されても文句の言えないことをした。仕方のないことをした。けど、やっぱり死ぬわけにはいかない。この子のために、今は死ねないんだ!! だから…っ、だから…許してくれ先生!! 俺が悪かった。だから、もう…俺を、俺を許し…く────っ…うっ!!」

が、原因がわからないうちに蓮沼は胸を押さえると、そのままその場に突っ伏した。

「パパ!!」

「蓮沼さん!?」

「だめ!! パパを殺さないで!!」

「っ!!」

しかし、伊万里が蓮沼を起こそうとすると、今度はその手を子供が弾いた。

「ノンのパパ、パパだけなの!! ママ、いないの。だから、ノンからパパを取らないで!!」

「ノ、ノンちゃん。そんなはずないでしょ。先生は、パパを助けるためのお医者さんだよ」

泣き叫ぶ子供を、伊万里は必死に諭す。

「本当? 本当!?」

「本当だよ。だから、早くパパを中に連れて行こうね。文弥さん、すみません。中に運ぶのを手伝ってください」

担当した黒河自身から、手術そのものは上手くいったと思うが、決して順調だとは言いきれない、まだまだ予断を許さないと報告を受けていただけに、伊万里はとにかく蓮沼を病棟に戻すことを優先した。

「あっ、はい」

人を呼ぶ間もなく文弥を頼ると、二人がかりで倒れた蓮沼を運んだ。

『どうなってるんだよ、ったく――――』


勤め先が医大であるかぎり、息つく暇などないのは、常だった。

「――――左の太腿と、わき腹に刺し傷の痕？　蓮沼さんに？」

だが、それにしても、目まぐるしい。何がなんだかわからないという状況がこうも続くのは、伊万里にとっても初めてのことだった。

「あの、だから、それが何か？　俺が聞いてるのは、蓮沼さんの心臓のことですけど」

「最後まで聞けって。その傷、つけられたのは、おそらく十年以上は前だ。ってことは、あの男がお前に口走ったことと照らし合わせるなら、間違いなく刺したのは駿介。朱雀駿介だ」

ましてや、こんなことが起こるなんて。こんな偶然が起こるなんてと驚愕したのは、蓮沼を運び込んでから、十分後のことだった。

「っ!!　駿ちゃんが、刺した相手!?　蓮沼さんが!?」

「そう。そして多分、お前の人生を狂わせた、お前を何年もの間、ＰＴＳＤで苦しめた、あの元凶の一人だろうな」

黒河が蓮沼のカルテを片手に、一つの事実を口にした瞬間だった。

「あの男が…、あの男が、あのとき俺を犯した男―――っ!?」

伊万里は一気に血の気が下がると、足元から力が抜けて、その場に崩れそうになった。

「っ、渉さん!!」

同行していた文弥に支えられると、しばらくは呆然としたまま、黒河の顔を見つめていた。

「う…嘘。嘘でしょ、黒河先生。それじゃあ、まさか。まさか駿ちゃんは、全部…知ってたんですか？　だから、それであんな事件を起こしたんですか!?」

夏の日が――、すべてを奪った夏の日が蘇る。

「でも、どうして？　なんで俺でさえ顔も知らない相手だったのに、それを駿ちゃんが!?」

「さあな。ここまで沈黙を守ってきたんだ。どこで、何がきっかけで知ったなんてことは、説明しねぇよ。ってか、だからやった―――なんてことも、一生言わねぇ。あいつの気性じゃ、これをお前から切り込まれたところで、そうだったのか？　って、言うだけだ。それこそ、だったら今からでも、刺し直してやろうか。トドメを刺してやろうかって、言うだけだろう」

たった半日ほど街に出た。「グローブの予備を買いに行く」と言って学校を出た駿介が、豹変《ひょうへん》したとしか思えない事件を起こした悪夢の夏の日が蘇る。

「そんな…、そんな」

伊万里は、文弥にしがみつくと、込み上げる感情のままに、涙をこぼした。

あの夏の日から、何度流したかわからない。今度こそ、枯れ果てただろうと思うほど流したのに、それでもまだ溢れてくる涙に、とうとう膝を折って、その身も崩した。

『駿ちゃんっ!!』

「それより伊万里。いや、渉。あの男、殺していいか？」

けれど、そんな伊万里に、黒河からは冷ややかな言葉がかけられた。

「え？」

黒河はかけていた眼鏡を外すと、伊万里が見たこともないような冷徹な眼差しで、薄笑いを浮かべてみせた。

「俺としては、このままバックレてぇんだ。あんな男一人にかける時間があったら、俺は誠心誠意向かえる患者のところに行きてぇ。だからあれ、見殺しにしてもいいよな？」

伊万里は全身が萎縮し、自分を支える文弥の腕を、力いっぱい握り締める。

「――――黒河先生、なんの冗談です？」

「冗談じゃねぇよ、本気だよ」

黒河が怖い。そう感じたのは、初めてのことかもしれない。誰かのために生き続けていると言っても過言でない医師が、死神に見えたのは初めてかもしれない。

「俺は、それができる男だ。患者を選べる男だ。そういう選択なら、昔戦地にいたときに、反吐が出るほどやってきた。俺は俺の価値観だけで、この世に残す命を山ほど選んできたからな」

けれど、そんな黒河の姿に、伊万里はいつかどこかで見た、医師になることを志してから見た、摩訶《まか》不思議な夢のことを思い起こした。

「なら――――、どうして。どうして俺に確かめる前に、行かれないんですか？　この場を離れ

ないんですか？」

真っ暗な闇の中に、いくつもの蠟燭《ろうそく》が並ぶ。命を示す蠟燭が、無数に並ぶ。

そしてそんな闇の中には、神とも死神ともわからない老人の番人がいて、ここをおとずれた者には、無数の蠟燭を指し示しながら、穏やかな顔で、こう問うのだ。

〝一つ聞こう。そなたがこの中で、一番大切に思うものはどれだ？〟

「渉…？」

「俺は、それは黒河先生が本当のお医者様だからだと思います。俺がとても尊敬する、敬愛する、東都の医師だからだと思いますけど、違いますか？」

だから、伊万里は答えた。

〝わかりません。でも、みんな尊いものですよね？　たった一本も、消してしまっては、いけない気がする。みんな、守ってあげなければ、いけない気がする〟

すると、老人は静かに頷いた。

「はっ、んなものは買いかぶりだ。俺だって、感情から手元が狂うときはあるかもしれねぇぞ。人間だからな。公私をふまえて取り繕ったところで、ミスはするかもしれねぇぞ」

どこか、今の伊万里の言葉を聞いた黒河のように、照れくさそうな目をしながら、頷いたあとに、老人はスッと姿を消した。

「それでも、下手な医師よりは、よほど確かですよ。だから黒河先生は、〝神から両手を、死神からは両目を預かった男〟なんですから」

ただ、だから伊万里は逆に戸惑い、自分の答えは正しかったのだろうか？　と感じた。

欲張ったことを言いすぎたのだろうか？　とも思った。

「ふっ。しょうがねぇな。なら、一応奴の死神でも拝みに行くか。あ、今度、和泉副院長には、投書でもしといてくれよ。外科部への禁令なら、身内切りより遺恨切りに発令しろって」

しかし、あれはやはり正解だった。そして今も、正解だった。

黒河は、白衣を纏う者としての伊万里を、きっと試したのだ。

「はい。わかりました。お願いします、黒河先生」

「ああ。任せろ、渉。いや、伊万里先生」

「――――っ…」

そう呼ぶに相応しい人間なのか、医師なのかを、改めて問いかけたのだ。

「お前の目はいつも綺麗だな。ガキのころから、本当、変わってねぇ」

黒河は一度外した眼鏡をかけなおすと、憎らしいほど様になる笑顔を、伊万里に寄こした。

「っ…」

「それ、ずっと、持っとけよ。何があっても、決して失くすなよ。いいな」

「はい」

そうして白衣を翻すと、黒河はいっさいの私情を捨てて、蓮沼のところへと向かった。

たった一人の幼い子供の父親を救うために、今目の前で生死を彷徨《さまよ》う命を救うために、引き返すことなく歩いていった。

一時危険な状態に陥った蓮沼が、その命の危機を脱したのは、青空が漆黒の空に変わった夜のことだった。

「お疲れさん」

「お疲れ様でした」

伊万里は、こんなに仕事が終わるのが待ち遠しいと思ったことはなかった。

「あ、伊万里くん。今上がりかい？　みんなで食事に行くんだが、君もどうだね？」

「ごめんなさい、渡《わたり》先生。今日は急いでいるので、お先に失礼します!!」

「──っ…っ」

白衣を脱ぐ時間さえ惜しい。そんな高ぶりを胸に、脱いだ白衣をロッカーへと放り込み、恩師でもある上役の誘いを断ってまで、職員通用口へと走ったことはなかった。

『駿ちゃん』

しかし、そんな伊万里の足止めをしたのは、気が気じゃなくて帰るに帰れなくなって、そのまま車を駐車場へ置いて待機していた、文弥と基哲だった。

「待ってください、渉さん。一つだけ、帰る前に聞かせてください。渉さんは、許せるんですか？」

文弥は伊万里が飛び出してくると、玄関先でその腕を捕らえた。

「え？」

「すいません。全部耳に入ってしまったもので。でも、だから聞きたいんです。自分を傷つけた男を。駿介さんの運命を狂わせた男を、本気で許せるんですか？　って」

車内で待機していた基哲と違い、蓮沼との一部始終を見ていただけに、あからさまに怪訝そうな顔もみせた。

「許せないですよ。それほど俺は、善人じゃありません。聖母でも、仏様でもありませんから」

伊万里は夜目にもわかるような微笑を浮かべると、きっぱりと言い放った。やはり本音はそれなのかと蔑《さげす》まれたところで、嘘はつけない。そんな顔で、文弥に胸中を晒してみせた。

「渉さん」

「けど、俺にとっては憎むべき相手でしかないけど、あの子にとってはたった一人の父親です。頼るべき存在です。なんの関係もない子供まで憎むことはできません。それはきっと、駿ちゃんも同じじゃないかと思います。文弥さんでも、同じじゃないかと思いますが、違いますか」

だが、あれが本音なら、これも本音。

だから黒河も私情は捨てた。そう思えるので、伊万里は仕方がないと思う。

「――――それは」

「でも、今はそんなことより、俺は駿ちゃんに謝りたいんです。誰に何を思うより、考えるより、今すぐ駿ちゃんに会って、ごめんなさいって言いたいんです」

もっと本当のことを言うなら、それ以上に大事なものがあるから、今はそのことは考えられない。

「あのとき、どうして俺は、もっと駿ちゃんのことを信じなかったんだろう？　退院したあとの駿ちゃんのことを追いかけて、捜さなかったんだろう？」

どんな過去より駿介のことばかりを考えているから、その他のことはどうでもいいというのが、今の伊万里の思いのすべて。

「ううん、そうじゃない。そんな、あとのことじゃない。あのとき、あの約束の日に、すべてを言ってしまえばよかったんだ。駿ちゃんにだけは、晒してしまえばよかったんだ」

視線の矛先。

「だって、駿ちゃんは、どんなに俺が汚れても、きっと受け止めてくれた。ちゃんと俺のことを、好きでい続けてくれたはずなのに。俺は――――、心のどこかで嫌われるって、思ってた。汚らわしいって思われるって、怯えてた」

そのためか、伊万里は自分の腕を捕らえた文弥の腕をそっと外すと、何一つ隠し立てることをしなかった。

「駿ちゃんは、そんな人じゃないのに。ちゃんと人の痛みも、傷も、わかってくれる人なのに。結局は俺が、自分のことしか考えてなかったから。自分の恥部を、見せたくなかったから。何が一番駿ちゃんを傷つけることだったのか、それを見誤っていた。勘違いしてたんです」

「渉さん」

「文弥さん。だから俺、駿ちゃんに会いたい。会って今すぐ、謝りたいんです。なので、今日は自分で駿ちゃんのところに行かせてください。誰かに連れて行かれるんじゃなく、今日だけは自分一人で、駿ちゃんのところに帰らせてください」

「渉さん。そのお気持ちはわかりますが、それとこれは別――――てっ、渉さん!!」

足止めされる我慢も限界に達したのか、その場からも一目散に走り出した。

「あ、今度は何!?」

文弥が慌て、基哲が困惑する中、伊万里は一人で病院の外へと走っていった。

「だから、どうしてああなるかな? あの顔に似合わない暴走姫はっ!!」

「文弥さんっ、そんなこと言ってる場合じゃないですよ。追いかけないと、渉さん、めちゃくちゃ足が速いです!! しかも、瞬発力がありますよ、けっこう!!」

しかも、文弥と基哲がすぐさまあとを追ったにもかかわらず、

「そらそうだろう。逃げ足だけは速くなきゃ、長年貞操は守れまい。過去に犯されたことはあってもそれ以後は、この年まで手付かずだったみたいだからな」

「だから、文弥さんっ。変に感心してる場合じゃないっすよ!! タクシーに乗っちまったじゃないですか、渉さん!!」

「あ…」

二人がまったく追いつけないうちに、伊万里は病院前に常時待機しているタクシーに乗り込むと、そのまま駿介の自宅へ、高輪の屋敷へと、一人で向かった。

そして――――。

「お帰りなさい、二代目」

「お疲れ様でした、組長」

この日、駿介は伊万里より、一足先に自宅へと戻っていた。

「磐田会系久岡組の二代目襲名披露は、いかがでしたか？」

「盛大だったぞ。ただし、初めて二代目の顔を見て、驚いた連中もけっこういたけどな」

「驚いた？」

瓦《かわら》屋根の正門前で車を降りると、少しばかり続く庭園の中を、母屋の玄関までの短い道のりを、寶月や秀紀とともに、ゆっくりと歩いた。

「ああ。なんせ二代目は泣く子も黙る、元警視庁のエリート警視さまだ。内部告発で警察を追われたらしいが、だからって、何も極道に転職ってぇのもな。しかも、下手な極道より極道らしいから、参ったもんだ。すげぇ眼力の持ち主で、磐田会はあの二代目のおかげで、ますます勢力を安定、拡大することになる。うちの四神会もしっかり兄弟同士の結束していかねぇと、関東で磐田と肩を並べられなくなるぞ」

「さようですか――――。では、そのうちお三方をお招きして、場でも設けましょうか？　渉さんの噂を聞きつけた義兄《にい》さんたちが、一目見たいとおっしゃってるらしいですし…」

自宅で花見ができそうなほど満開の桜が、夜ともなるとライトアップされる。

「それは、気が乗らねぇな。義兄《にい》さんたちは揃いも揃って男前だが、生まれつき節操がねぇ。それこそ、渉を見たら、勝手に攫って行きかねねぇ」

「さすがは、ご兄弟。血がつながっていないのが、不思議なぐらいそっくりで」

「寶月っ。さりげなく、言いたいこと言ったよな」

「いえ、ははははは」

散り行く花びらが、雪のように美しい。

その白とも桜色とも見える夜桜の色は、どこか伊万里の肌を思わせ、駿介の欲情を誘った。

「ったく。で、渉は？　今日は何時に戻るんだ？　残業か？」

「いえ、そのような連絡は来ておりませんので、そろそろお帰りになるかとは思いますが」

「そっか。早く顔が見てぇな――――っと、車が戻ったか？」

しかし、駿介の甘い思惑を他所に、伊万里は正門前にタクシーで乗りつけ、その音に振り返った漢たちを唖然とさせた。

「え!?　渉さん、なんでタクシーなんかで!?」

「一人…みたいですよ。自分で、お金払ってます」

「ふっ、文弥っ、基哲!!　あいつら、一度死にてぇのか!?」

駿介は一瞬にしてブチッと切れると、急いで伊万里を迎えに走った。

「渉!!」

「あ、駿ちゃん」

タクシーから降りると、伊万里は走り寄る駿介の姿に、微笑を浮かべた。

さながら、夜桜の中に浮かび上がった精霊のように、美しい笑みを浮かべた。

「駿ちゃんじゃねぇよ。お前は、あれほど言ってるのに、まだわかんねぇのか!!」

しかし、そんな笑顔では、ごまかされない。駿介は伊万里の前に立つと同時に、目を吊り上げて怒鳴った。

「ごめん。ごめんなさい!! でも、俺。どうしても今日は、一人で帰ってきたくて。一秒でも早く自力で帰って、駿ちゃんに会いたくて。それで、謝りたくて…」

だが、今夜の伊万里には、そんな威嚇は通じない。

「は? なんの話だよ」

「あ…。ごめん、駿ちゃん。俺、どうしよう」

「渉!?」

笑ったり、謝ったりするだけで、駿介には『どうしたんだ?』と思わせる、ただ心配させるだけの存在になっていた。

その上何を思ったか、突然両手を駿介の胸元に向けると、

「好き…っ。俺、駿ちゃんが好き」

「――――…っ、渉?」

伊万里は思いのたけをぶつけて、駿介の鼓動を倍にした。

「昔の駿ちゃんも、今の駿ちゃんも、俺はやっぱり駿ちゃんだけが好き」

今にも壊れてしまいそう、爆発してしまいそうなほど、その胸を高鳴らせた。

「っ…。渉」

チラチラと舞い散る花びらが、駿介に「これは夢か？」と思わせた。

「駿ちゃんが…、大好き」

『渉――――』

そうでなければ、幻か？　そんなふうにも、感じさせた。

「鳳山駿介っ!!」

「っ!?」

だが、決してこれが夢でも幻でもないことを知らしめたのは、突然物陰から姿を現し、銃を構えた男の存在だった。

「もらったぁ!!」

「――――なっ」

一斉に桜を散らすような銃声が、静寂な月夜に響いたことだった。

「っ――――っ…っ」

「渉!!」

駿介は、咄嗟に伊万里を庇ったつもりだったが、間に合わなかった。

『駿ちゃん…っ』

伊万里は丁度駿介の胸の高さ、心臓の位置にあった右の鎖骨部分を撃たれると、声も上げられないまま身を崩した。

「渉さん!!」

「二代目!!」

桜が――散る。

「んの、野郎っ!!」

「秀紀!!　とっ捕まえて、親、吐かせろ!!　殺すなよ」

「はい!!」

まるで、吹雪のように散る花びらの中で、男たちの罵声と叫び声が交差する。

「渉さん」

「二代目!!」

文弥や基哲が帰ったときには、遅かった。

「二代目!!」

「若頭、今の銃声は!?」

屋敷の中から、男たちが出てきたときには、すべてが終わっていた。

「渉!!　おい、渉!!」

しかし、伊万里はそれさえ知らずに、駿介の腕の中で、目を閉じたきりだった。

「渉さん!!　救急車!!　すぐに救急車を呼べ!!」

「はい!!」

賓月は自らのシャツを脱ぐと伊万里の肩から胸のあたりに、力いっぱい巻きつける。

『なんだ？　この異常な出血は』

しかし、音もなく散り急ぐ桜に、寶月は背筋を震わせた。

「渉!!　渉!!　渉――――!!」

駿介は、せめてもの思いから伊万里の撃たれた患部を押さえると、止血しきれずに流れ続ける血で、我が手を染めていった。

伊万里の意識を呼び戻そうと、その名を呼び続けていた。


伊万里は、すぐさま駆けつけた救急隊員の判断から、多少の距離はあっても、救急設備が行き届いた、その上、よほどのことがなければ、どんな患者も受け入れ拒否をしてないとわかっている、東都医大に運び込まれた。

「鎖骨下動脈の損傷!?　出血多量で――――危篤!?」

なぜなら、伊万里はたった一発の銃弾に、命の危険に晒されていたからだった。しかも、運び込まれてすぐに手術という迅速さで対応、処置されたにもかかわらず、なおも生死の境を彷徨い続けていた。

「お前も、わかってるだろうが、あいつは流一と同じ血液型だ。なのに、それがすぐに届かない。近場の血液センターのストックが切れてて、早急にどうにもできない」

執刀は、蓮沼の様子を見るために、たまたま院内にまだ残っていた黒河だった。

手術は当然のことながら、無事に成功していた。

が、それでも伊万里は奇《く》しくも流一と同じ理由で、命の危険に晒されていた。

「ここからが峠だ。覚悟しておけ」

こんな台詞は、滅多に聞かない。そんな言葉を黒河自身から引き出し、駿介を驚愕させることになっていた。

「――――っ、ちょっと待ってくれよ、黒河先輩。だったら、俺の血を使ってくれよ。俺は渉と同じ、血液型だ。兄貴とも同じ、ＲＨマイナスＡＢだ。ここに輸血できる奴がいれば、問題はないだろう!? それで、渉は助かるんだろう!?」

だが、駿介は危篤の理由を聞くと、神の救いを見た気がした。

一筋の希望の光を、血に染まった我が手で、摑んだ気がした。

「それができるぐらいなら、誰がこんなことを言うか」

「どういう意味だよ!?」

「お前の不健康極まりない体からは、一滴の血だって渉には入れられねぇ。お前には、何一つ渉に提供できるものはねぇ。今の渉を救えるためのものなんか、一つもねぇってことだよ」

けれど、それは黒河によって覆された。

「それ、どういうことだよ」

「お前がやくざだからだよ」

「なんだと!? そんな理由がどこにある!!」

「なら、こう言えばわかるか。お前、過去にヤクを打ったことがあるだろう。抗争の最中に拉致られたか、なんだか知らねぇが。理由はどうあれ、ヤクを打った。その上、酒と煙草に溺《おぼ》れて、いっとき肝臓も悪くした。それが流一と会ったときにバレて喧嘩になった。これが流一と絶縁になった、決定打だっただろう!!」

「っ!?」

思いもよらない、考えもしなかった理由で、わずかな望みは真っ向から否定された。

「こんな緊急時だっていうのに、お前の血が使えねぇっていうのは、そういう理由だ。どんなにお前が渉のためなら、全部を差し出す、血肉でも命でも差し出すって言ったところで、患者の安全を考えたら、断るしかねぇっていうのが、俺の医師としての判断なんだよ!!」

「――――っ…っ」

呆然と立ち尽くす駿介の胸倉に、黒河が怒りに任せて摑みかかる。

「いいか、駿介。やくざがなんでやくざって言われるようになったか、お前知ってるか？　やくざってぇのはな、もとはカブ賭博《とばく》に使うカード、八・九・三の三枚のカードのことだ。これが揃うとドボンになる。まったく役に立たねぇ、勝ち目のねぇ二十っていう合計数になる。そのことに当てはめて、使いものにならねぇ、役に立たねぇ奴らを、そう呼ぶようになったのが由来だ」

怒りより遥《はる》かに強い無念さから、その胸元を絞め上げる。

「だが、お前は本当なら、誰のためにも生きられる、大事な者のためなら、なんでもできるはずの身体を持って生まれたはずだ。決して生まれつき、やくざなんて呼ばれる人間じゃなかったはずだ。それを自分で蝕み、勝手に使いもんにならなくしたんだ。他人にされたんじゃなくて、テメェでテメェを壊して、本物のやくざになっちまったんだよ!!」

「黒河先輩…っ」

駿介は、何一つ言い返すことができないまま、黒河の両手に絞め上げられた。

「どんなに筋道立てたところで、漢気を通したところで、だからやくざなんて使えねぇっていうんだ。何が仁義だ。極道だ。漢だ。いざってときには、一番大事なものも守れねぇ。本当に必要な命も守れねぇ身体してて、粋がってんじゃねぇよ!!」

「くっ、黒河先生!?」

響き渡った黒河の罵声に驚き、清水谷が集中治療室から飛び出してくる。

「お前がな、お前がいっぱしに健康でさえあれば、流一は助かったかもしれないんだぞ」

「――――っ」

「お前さえドナーとしての最初の条件に、健康面での条件に引っかかっていなければ、あいつはまだ生きられたかもしれない。そういう可能性があったんだ!!」

『黒河先生…』

しかし、黒河の剣幕は見たこともないほど激しいもので、普段ならば多少の仲裁に入れる清水谷も、この場ばかりは見ていることしかできなかった。

駿介同様、ただ呆然とするしか、術がなかった。

「どうして発病したときに、流一がお前の居所を知りながら、連絡をしなかったのかがわかるか？　渉やお前の家族に、最後の最後までお前の居場所を知らせなかったのかが、わかるか⁉」

そうするうちに、駿介は黒河から、流一の真意を聞かされる。

〝どんなにやさぐれても、駿介は俺の弟だ。たった一人の弟だ。なのに、こんなときに自分が兄一人を救えない、その資格さえない身体だってわかれば、さすがに泣くだろうからさ〟

流一が何を思い、何を守り続けてきたのかを、今こそ知らしめられる。

「あいつは、連絡したくても、できなかったんだよ。お前の身体のことを知ってたから、どうにもならないことも、わかってたから。頼って、縋りつくこともできなかったんだよ‼」

「――――っ」

だが、それは知れば知るほど、駿介にはどうしていいのか、わからないものだった。

「なのに、そんなお前に唯一残したい言葉が謝罪だっていうんだから、馬鹿だよな」

「…俺への、謝罪？」

「あのとき、お前を信じきれなかった俺を許してくれ。どんな思いでお前が殺意を抱いたのか、わかってやれなかった俺を、許してくれ。それが、俺がお前に預かった、流一からの最後の言葉だ。こう言えば、お前にはなんのことだか、わかるんだろう」

「っ⁉」

今更どうやって流一に詫びればいいのか、許しを請えばいいのか、どこにも答えがなかった。

「――――流一は、裁判中も自供を変えなかった、まるで反省を見せなかったお前に、〝お前は自分さえよければいいのか〟って、口にしたことを、最後まで後悔していた。そもそも、お前がわけもなくあんなことをする奴じゃないことは、誰より知っていた。なのに、結局、お前の不祥事のために、幼いころから目指していた法曹界への道が閉ざされた。それどころか、犯罪者の家族になったというショックから、お前への信頼を見失っていた。だから、あんなむごい言葉を放っちまったって、それだけが後悔だって、伏せた床で男泣きしたさ」

そうするうちに、駿介の胸倉を摑んでいた黒河の両手から、徐々に力が抜けてくる。

「けど…流一は、その後渉がPTSDを発症して、その原因を治療の中で突き止めると、直感的に悟ったんだよ。駿介が刺したのは、きっと渉をここまで追い込んだ男だ。絶対にそうに違いない。だからこその、殺意だった。芽生えた復讐心だったと確信したんだよ」

彼が生きているうちに、どうしてこのことが伝えられなかったのか。どうして理解を示すことができなかったのか。その無念さばかりが込み上げて、黒河は駿介の胸元から両手を下ろした。

「ってなったら、どうりで、何を犠牲にしたところで、ない。ましてや、一度や二度刺したところで、後悔なんかするはずもないと、納得した。なぜなら、気付いた瞬間に流一は、自分の中にも同じほどの殺意を感じた。理性を持ってしても生まれてくるほどの憎しみをはっきりと自覚して、流一はお前を信じきれていなかった自分に、後悔もしたんだ。そもそも自分は法曹界に生きられる適性じゃなかったなって、苦笑いもしたんだよ」

「兄貴…っ」

しかし、そんな黒河から解放されると、駿介はその場に身を崩して、両膝をつく。

「お前が、どんなきっかけですべてを知ったのかは、わからない。だが、流一の目から見ても、お前に生まれた殺意は、誰にも理解されなくていいものだった。むしろ、理由なんか一生わからなくていいと心に決めても、当然のものだった。万が一にもそれが世間に知られれば、渉はセカンドレイプを受けるも同然だ。これ以上ないほど傷ついたのに、その傷を無駄に抉られるも、同然だからな」

両手もつくと、悔やみきれない悔恨からか、奥歯を嚙み締め、両目を閉じる。

「流一は、口の堅いお前を、最後は誇りだと言ったよ。俺の自慢の弟だと、満足そうに笑ってたよ。けどな、駿介。俺はそうは思わない。だからお前のやったことが正しいのか？　って言えば、それは違うだろう。渉のためだったか？　って言えば、単に自己満足だろうって思う」

それでも、黒河からの叱咤《しった》は、留まることを知らなかった。

「渉は、お前にも世間にも、レイプされたことだけは知られたくなかった。生涯自分からは、口にするつもりもなかっただろう。けど、それでもお前の傍にはいたかったはずだ。どんな関係であっても近くにいたいし、いてほしかった。陰でお前が報復を果たすよりも、お前だけには傍にいてほしかったはずだ。目の前から、消えてほしくはなかったはずなんだからよ‼」

「――――っ‼」

「わかるか？　お前が傍にさえいてくれれば、渉がPTSDで苦しむことは、回避できたかもしれない。それこそ、流一が目を離せない、お前の代わりに、せめて自分がついててやらなきゃとも、思わなかったかもしれない。そのために、無責任な周囲から、愛人関係を疑われることも、なかっただろう。これは、すべてが仮説にすぎないが、それでも俺は、お前がよしとして選んだ結果が、一番渉を苦しめた。今日まで、しかもたった今も、渉を苦しめ続けてるんだと思うぞ!!」

誰もが駿介に伝えきれなかった思いを、そんな流一を見つめ続けてきた黒河の思いを、駿介にぶつけることを、止めなかった。

「―――っっ…っ」

「ここで、懲りろよ、駿介。本当の意味で、やくざってものの意味を知れよ」

そうして自らも膝を折って、駿介の肩を摑むと、

「知ったら、せめてテメェの周りにいる漢には、これが現実だって諭せ」

黒河は、その視線に視線を合わせて、駿介にしてほしいこと、駿介にもできることを、まずは一つ、伝えた。

「そもそも健康だけがとりえみたいな奴がはまっていくのが、極道だ。だが、そういう奴らの身体には、他人が欲しいものが山ほど詰まってる。生きるためにもっとも必要なものが、きちんと揃ってるんだから、それを自分で壊すことはするな。汚すことはするなと、知らしめろ」

「っ…っ」

「流一の死を、俺の親友の死を、決して無駄にするな。いいか、わかったか」

悲痛な叫びと共に、むしろ駿介にしかできないだろうことを、黒河なりに託した。

「兄貴っ…っ。兄貴―――っ!!」

そうして、いっそ流一に聞こえるほどの声で叫べと言わんばかりに、黒河は駿介の肩を突き放

すと、そのまま崩れていく姿を見下ろした。

決して目を逸らすことなく、漢の泣きざまを見届けた。

「黒河先生。あの、言いつかったものをロッカーから持ってきましたけど。あと、伊万里が」

と、そんな重々しい空気の中に、看護師から異例の研修医となった浅香が、駆けつけた。

「ああ。サンキュ浅香。伊万里のことは、わかってる。すぐに行く」

黒河は、浅香からアルバムのようなものを受け取ると、伊万里の元に戻ることを口にした。

「黒河先輩!! それで、それで渉は!? 渉はこのまま、どうなるんですか!?」

駿介は、泣きはらした顔をスーツの袖口で擦ると、立ち去ろうとした黒河に今一度確かめた。

「遠方からになるが、輸血が届くか、もしくは献血者が見つかるか。なんにしても、時間との勝負だ。お前は、間に合うことだけ、祈っとけ」

「祈る…。俺にできるのは、それだけなんですか?」

「そうだ。それがお前が選んだ道だ。極道の末路だ」

「っ…、っ!!」

冷酷な答えだけを突きつけられるが、それが事実なのだと、受け入れるしかなかった。

「ま、それでも祈るだけがいやなら、これをやるから、かたっぱしから当たってみろ」

すると、そんな駿介に、黒河が手にしていたものを差し向ける。

「――――っ、これは!?」

「お前の学年の卒業アルバムだ。生徒の連絡先のみならず、たった半年も在学していなかったお

前の栄光と退学までの記事が、ありのまま書いてある。この一冊に、お前のことを載せるかどうかで、まず生徒同士が争い、学校とも争ったことまでが克明に書いてある」

浅香に取りに行かせていた一冊のアルバムを手渡し、駿介が今できることを、明確にしてやる。

「え!?」

「だが、その分、同級生たちのお前への思いが、正直に綴られている。なかったことにできなかった悲痛が、お前に貰った感動が、ありのままの姿で載せられている。だから、いつかお前に見てもらえればって、流一がお前の代わりに預かっていたものだ。今となっては、形見だ」

「…っ」

駿介は、あまりに思いがけないものを受け取ると、黒い革張りに金文字で年号が綴られたそれを、食い入るように見つめた。

「だから、これを元に連絡してみろ。当時の生徒、卒業生、その知り合い。今の在校生を含め、全部を合わせれば二千人に一人の割合でも、望みはあるだろう。お前がそこから何人か連絡さえすれば、必ず手助けは増える。一緒に渉を助けてくれる奴は、いくらでも現れる。だから、まずはお前が突破口を作れ」

ここに、この中に、もしかしたら伊万里を救える者がいるかもしれない。

希望があるのかもしれないと思うと、

「俺は俺で最善を尽くす。だから、お前はお前で、できることをしろ」

「はい———っ」

立ち去る黒河に一礼をすると、アルバムを持って、いったん病院の外へと向かった。

『そうだ。お前はお前ができることをしろ。朱雀駿介にしかできないことをしろ。それが流一の望みだ。最期まで、あいつがお前に取り戻してやりたいと願っていた、大切なものの残りだ』

黒河は、そんな駿介の後ろ姿をチラリと見ると、その姿が視界から消えるまで、見送った。

『お前にとっての渉。家族。そして――――』

誰に見せるでもない微笑を、そっと浮かべた。

「――――黒河先生、あの…。伊万里に輸血をって、駆けつけてくださった先輩・後輩は、今も分刻みで到着してるんですけど。この上、まだ捜してもらうんですか？」

が、そんな黒河の顔色を窺いながら、浅香が何か不思議そうに声をかけた。

「そうですよ。輸血っていっても、すでに手術中に駆けつけてくださった方々がいたので、間に合いましたし。正直、これ以上は今必要ないですよね？　何せ黒河先生、さすがは極道。いざってときの止血も適切だなって、縫合のときには笑ってましたもんね？」

執刀に立ち会っていた清水谷も、半ばポカンとした顔つきで、問いかける。

すると、黒河はあたりに人気《ひとけ》がないのをいいことに、大きな溜息をついてみせた。

「ああ、そうだな。ただ、どうせだからもののついでに、駿介の奴にも奔走してもらうことにしたんだよ。渉には悪いが、献血運動の奮起剤《ふんきざい》になってもらったんだ」

その後は突然態度を変えると、意地悪そうな笑みを浮かべて、サラッと言ってのけた。

「もののついで!?」

「献血運動の奮起剤!?」

浅香と清水谷の気の抜けた声が、奇妙なハーモニーを生み出す。

「おう。集められるときに、集めといたほうが、いいだろう？　そうでもしなきゃ、十分なストックが保てない血液型だしな」

けれど、黒河のとんでもない発言は、こんなものではすまなかった。

「黒河先生!?」

「あ、ついでだから、輸血を申し出に来た奴らには、お前らがドナー登録も誘導しとけよ。基本自分第一の野郎どもでも、マドンナの一声には従うはずだ。それに、女王さまが加われば、万が一のときには、内臓の半分ぐらいは進んで提供すると、約束してくれるだろうからな」

毒を食らわば、皿までも。血を抜き取るなら、肉までも――まさに、そんな感じだった。

「くっ、黒河先生!!」

おかげで二人は、これまた普段なら見せないような啞然とした顔を、晒し続けた。

「んじゃ、頼んだぞ清水谷、浅香。俺は伊万里の様子を見てくるから、あとはヨロシクな～」

「んなっ、何がヨロシクですか、勝手な!!」

「最低っっっ!!」

最後は天才外科医に対する尊敬も敬愛も投げ打って、その後ろ姿に力いっぱい、暴言も吐いた。

「勝手だろうが、最低だろうが、貰えるもんは、貰うに限る。どうせ血なんか、多少抜いたところで、食って寝れば元に戻る。かまうことはないって」

しかし、そんな清水谷たちなどお構いなしといった黒河は、伊万里のところへ向かう途中で、舌さえ出していた。手術着の上から羽織った白衣の裾をなびかせながら、鼻で笑っていた。

「――――おいおい。すごい言われ方があったもんだな。この分じゃ血だけじゃなくて、臓器の一つも置いていけと迫られそうだ」

「っ、紫藤《しどう》先輩!! 来ていたんですか!?」

が、さすがに見知った男、それも自分が「先輩」と呼ぶような男に失笑しながら声をかけられると、顔つきは一変した。

「ああ。連絡を受けたときに、ちょうど近くを車で通ってたんで、一番乗りだったかな。手術中に運び込まれた輸血があっただろう? 多分、それが俺の血だな」

「――――、ありがとうございます。あれが来なかったら、正直危なかったです。とてもじゃないですが、こうしていられる状況ではなかったです。助かりました」

一人の後輩として先輩を敬うというよりは、やはり患者を救う手助けをしてもらった医師としての感謝から、紫藤と呼んだ長身の男に、深々と頭を下げた。

「そうか。それは、役に立ってよかった。同じ血液型だっていうのに、流一には白血球の型が適合しなくて、何もしてやれなかったからな。今度は役に立てて、俺も嬉しい。本当によかった」

とはいえ、流一の話になると、やはり私情が強くなるのか、黒河はやるせない目をした。

「先輩…」

伊万里にしても、紫藤にしても、白血球の型が合わないという理由で、流一のドナーには適合しなかった。駿介と違い、状況がわかっていながら、見ていることしかできなかった。彼らは、そんな無常な思いを、味わっている。

「それにしても、お前も策士だな。そもそもRHマイナスABの生徒リストなら、流一のドナーを捜したときに、作ってるだろう。それがありながら、こうしてすでに連絡もしていながら、漠然とあんなものを渡すところが、いい性格だ。あえて同級生に、元の仲間に連絡を入れさせるところが、泣けてくるような後輩思いだな」

だからだろうか。紫藤は、どうせ見ていることしかできないのならと、黒河の様子も窺っていたようだった。

「そこまで、見てたんですか」

「見るつもりはなかったが、お前が説教してる声が聞こえたから。懐かしくなって、ついな」

誰もが辛い立場に置かれていたが、いつも他人より数倍抱えてしまう、抱え込んでしまうことを常としているような後輩を、一定の距離を置いたところから、見守っていたようだった。

「いや、あれは説教じゃなくて、個人的な八つ当たりなんで」

話をするうちに、黒河の顔から、ささやかながらに緊張が解ける。

「そのわりには、懇切丁寧だった。流一が、きっと言いたくても言えなかっただろうことまで、代弁してたように聞こえたが」

「死人に、口なしですからね」

「流一は、生きていたころから、口が堅い奴だったさ。そういうところは、兄弟そっくりだ」

「――――っ、……っ」

変に頑張らなくていい相手なだけに、プライベートでしか見せないような、やられた……というような顔もする。

「だから、お前が代弁してやらなきゃ、一生本心は伝えられなかっただろう。過去の謝罪まではできても、きっと病の床で上げていた悲鳴は、弟への複雑な思いだけは、絶対口にはできなかっただろうからな」

二つ上の紫藤は、学生のころから何かにつけて、フォローが上手い先輩だった。

「いえ。だとしても、俺はただ駿介を、傷つけただけですよ。流一が、その家族や渉でさえもが守ろうとしたものを。駿介が生まれ持った、誰よりも綺麗で大きな良心に、真っ向からメスを突きつけ、切り刻んだだけです。病床で流一を泣かした、腹いせにね」

いつもそれとなく周りを見ていて、人の心を軽くする。楽にしてくれる言葉を、ストレートに発してくれる者だった。

「時には、そこまで傷つけられなきゃ、本当に大切なものには気がつけないもんさ。普通に生きてる人間にとって、それが当たり前な人間にとって、健康のありがたみなんか、そうそう実感できるものじゃない。たとえ生が死と隣り合わせのものなんだと知ってはいても、そんなことを毎日気にかけながら生きていく人間なんか、そうそうはいないだろうからな」

「紫藤先輩」

黒河は、昔からこんな紫藤のわかりやすい気遣いが、好きだった。

「なぁ、黒河。それでも流一の弟には、人の上に立つ力があるよな。人を引っ張る力、魅了する力、感動を与える力があるよな。あいつのピッチングは、それを物語っていた。野球なんか、大して興味のない奴らでも、夢中にさせられたし。そういう根本は、きっと今も変わってないよな。でなきゃ、いくら極道とはいえ、たかが十年程度では、極められまい。一つの天辺《てっぺん》には、上れないだろう」

よくよく思えば、特別口数が多いほうではなかったと思う黒河が、多少余計に話しても、言うべきときにはとことん言おうという習慣がついたのは、彼の影響だったかもしれない。

「だから、奴にお前が〝思いのかけら〟を託したのは、正解だと思うぞ。健康な奴らにこそ、それを大事にしていけと。あえて壊すようなことはするなと。そして、それが誰より大事な者を守る力になる。いざってときに役に立つと、これから伝えてもらうことは、悪いことじゃない。むしろ、流一も望んでいたことだと思うぞ」

人間思えば伝わるなんてことは、夢物語だ。言葉にしてさえ誤解は生じる。勘違いも生じる。なのに、何も言わずに伝わる思いがどこにある？

どんなに目でものを言ったところで、言葉の重さは別格だ。だから、思いを口にすることは必要なんだと、紫藤は限られた学校生活の中で、教えてくれた先輩だった気がした。

「紫藤先輩」

そうして今日も、久しぶりに会ったというのに、黒河は紫藤のそれとない言葉に、気持ちを軽くされた。流一の思いのすべてを預かっていた、背負っていた分、それを「よく頑張った」と褒められて、やっと肩の荷が下りた気がした。

『こんなにいい上がいるんだから、俺も駿介たちにとって、いい上でいなきゃな』

そしてそんな解放感は、黒河に自然と母校のありがたみを実感させた。

しっかりと繋《つな》がる縦と横の関係に、同じ学び舎でしか得られない。これはこれで特別な関係を心地よく感じ取った。

「あ、黒河先生。伊万里先生が気付かれましたけど」

そんな立ち話をしていると、奥の部屋から、看護師の一人が声をかけてきた。

「――――っ、そうか」

「じゃあ、俺はこれで」

黒河の顔つきが変わると、紫藤は一言で身を引いた。

「っ、先輩。渉には⁉」

「同校の先輩後輩とはいえ、歳《とし》が離れすぎだ。面識もないのに、混乱させるだけだろう？　それより俺は、帰って飯でも食って、栄養補給をするよ。なんせ、容赦なく血を抜かれたからな。実はフラフラしてるんだ」

こんなところも、紫藤らしい。

「わかりました。それでは、休んでください。本当にありがとうございました」

黒河も、無理に引き止めることはしなかった。

「ああ。お前もな。無理はするなよ――――。自分あっての仕事だからな」

だが、一番重みのある言葉を最後に持ってこられると、

「っ、…はい」

やはり、医師としての顔では、見送れなかった。


上から下へ。下から上へ。同じ学び舎で行き来した者だけが、持っている関係。

時には、何ものにも代えがたい、厳しさで。肉親にはない、優しさで。

共に苦楽を分かち合い、貴重な学生時の中でのみ、得られる関係を手にしていく――。


そして、そのころ駿介は、病院の外に出てアルバムを開くと、一本の電話から、そんな大切なものを取り戻そうとしていた。

外灯の下で真っ先に探した電話番号に、伊万里への思いとは違うが、これはこれで不安が入り混じるほどの懐かしさを、久しぶりに感じていた。

「もしもし。夜分、突然にすみません。私、東都大学付属高等学校時代の野球部でご一緒させていただいた朱雀というものですが、孝利さんはご在宅でしょうか？」

深夜のコールに、相手は気持ちよく出てくれるだろうか？

名乗ったとたんに、受話器を置かれることはないだろうか？

〝え？　俺だよ、俺。駿介か!?〟

しかし、そんな駿介の不安は、たった数秒で吹き飛んだ。

「あ、孝利か。俺だ。駿介だ」
〃駿介!! お前、本当に駿介か!? なんだよ、いきなり。どうしたんだよ、一体〃
まるで変わらない友の口調と声に、一瞬にして吹き飛んだ。
「すまない。渉が、渉が今、東都医大に運ばれてるんだが、出血多量で…。それで、RHマイナスAB型の人間を捜してる。輸血がないと、危ないんだ。だから…、一緒に捜してほしくて」
時が、どこからともなく舞い降りる、桜の花びらと共に遡《さかのぼ》っていく。
〃――――マリアが危篤だ!? わかった。今すぐ俺も捜してやる。とにかく、該当者を東都医大に行かせりゃいいんだよな?〃
「そうだ」
〃なら、駿介。お前、どこまで電話した?〃
「まだ、お前だけだ」
胸が熱くなるような一つの情が、はっきりと胸中に蘇ってくる。
〃っ、そうか。なら、番号を教えるから、お前はこのあとキャプテンと副キャプテンのところに、電話しろ。でもって、当時の二、三年に連絡してもらえ。俺は一年の学年委員長に連絡したあとに、後輩にかけていく。そうすれば、あとは上と下にそれぞれ広まっていくし、今の在校生には緊急連絡のメールも回してもらうから、用件だけならものの数分で伝わるはずだ。あとは、どれぐらい見つかるか。来てくれるかって話になっちまうけど…〃
「――――っ、わかった。ありがとう」

駿介は、なんの躊躇いもなく、感謝の言葉が口をついた。

〝いや、こっちこそ。連絡くれてサンキュウ。最初にかけてくれて、女房役として嬉しいよ〟

そしてそれは相手からも、自然なほどに返された。

「孝利…」

〝じゃ、とにかく今は電話回すな。一通り回して落ち着いたら俺もそっちに行くから、お前もシャンとしとけよ。マリアのこと、頼んだからな〟

「ああ。わかった」

駿介は、切った携帯電話を握り締めながら、変わらぬ友情に今一度、目頭が熱くなった。

『———孝利…っ。黒河先輩』

と同時に、見守り続けてくれた先輩からの愛情に、胸が熱くなった。

7

　さすがに歴代マドンナの一人、伊万里の危篤連絡は強かった。深夜に巡った連絡だったにもかかわらず、それは一瞬にしてねずみ講のように広まり、輸血者は続々と東都医大に駆けつけた。

「罠《わな》だーっ。黒河にやられた。限界まで血を抜かれた〜っ」

「それなら俺は、到着直後に和泉副院長に出くわして、魂を抜かれそうになった。いきなり人の顔見て、意味深に笑ったんだ。いまだに眼力が衰えてないっ。おそろしや、美中年」

　駿介にとっては、まるで面識のない者ばかりだった。

「あ、献血のお礼に貰った牛乳、学食と同じメーカーじゃん。懐かしい〜」

「そんなことより、見たか清水谷を！　相変わらず、美人だよな♡」

「それを言うなら、俺はさっきマリアの見舞いに駆けつけたらしい、白石先輩を見かけたぞ。相変わらず凛《りん》としていて、なのにたおやかで、すげぇ眩しかったー♡」

　そのくせ、どこかで目にしたような政財界の人間や、芸能人、スポーツ選手なども、ちらほらと交ざっており、駿介以前に玉の輿狙いの看護師たちの瞳を、俄然《がぜん》輝かせることとなった。

「いやいや、やっぱり黒河先輩が一番可愛いよ♡　なんだよ、あの白衣姿は。萌《も》え〜。あ、でもナース姿なら、もっといいのにな」

「え？　誰か今なんか言ったか？」

　だが、どこか妙なことを言う者が、必ず紛れているのは確かなようで。

「あ、愛《いと》しの渡先生みっけ!! 渡先生～♡」

「幻聴!?」

駿介は、救急病棟のロビーで、年代別の男たちを眺め、会話を耳にしていると、

「マリアに、あんな奴らの血が入らなくてよかったな」

隣でぼやいた孝利の言葉に、深い溜息をついてしまった。

『やっぱり、俺にはあのノリは理解できねぇ』

どんなに流一への思いが復活しても、東都に好んで入った兄の気持ちだけは、生涯理解不能だと、改めて思い知った。

そうして迎えた、四月も後半――。

伊万里はすっかり回復をした上で、退院日を迎えた。

「退院おめでとうございます、渉さん」

「お帰りなさい、渉さん。お待ちしておりました。さ、お荷物をどうぞ♡」

玄関先まで見送ってくれた同僚たちが失笑してしまうような、組員たちの熱烈な出迎えを受け、いつの間にか自宅になってしまった鳳山組の屋敷へと戻るために、再び漆黒のベンツに乗り込むことになった。

「ふっ、文弥さん!! だから、なんでこんな正面玄関に、みんな揃っているの!? いくら全員私服だっていったって、仕事着と大差ない人ばっかりじゃない!! ありったけのベンツ出してきたら、ごまかしも何も利かないじゃない!!」

しかし、車に乗り込むと、開口一番がこれだった。伊万里は後部席の隣で頭を抱えている駿介を他所に、助手席の背もたれにしがみつくと、文弥に向かって、猛然と突っかかった。

「はぁ…すいません。本当は、駿介さんと二人でお迎えに上がる予定だったんですけど、基哲の奴がかぎつけきて。自分も一緒に行くって言い出したら、あっという間に秀紀たちも同行するとごね出して。その上、寶月まで仕度を始めたもんだから、収拾がつかなくなってしまって」

「そんな無責任な。これじゃあ、変な噂を立てられちゃうじゃないですか」

文弥が躱すも、諦《あきら》めず。どうしてくれるのと、喧々囂々《けんけんごうごう》だった。

「でも、渉さん。失礼っすけど、噂なら元々からそれなりに立ってたんでしょ？　入院病棟にしたって、窓に特殊ガラスが嵌まってるような、その筋専門のＶＩＰルームだったし。そこに二代目や俺たちが、毎日花束持って見舞いに参じてたんすから――、今更流れる噂はないんじゃないんすかね？　むしろ、わけのわからないガセネタを流されるよりは、鳳山組の二代目姐さんだって認知されてたほうが、今後の院内セクハラへの予防線になりますし」

「え!?　セクハラ？」

とはいえ、院内事情を察しているような、そうでないような基哲にまで運転席から宥められると、伊万里は黒河からの仕打ちを思い出して、ギクリとした。

「だって、けっこう多いんでしょ、こういう職場も。ですから…、ねぇ」

そこだけは的を射ている基哲と目が合うと、

『そんなの、チャイニーズマフィアのイロでも、どっかの大統領夫人でも、まったく気にせず手を出す人はいるんだから、無意味だって。何をどうしたところで、黒河先生には効かないから。あの人は、やりたいときにはやるから。だから、黒河療治なんだからっ!!』

伊万里は別の意味で〝無駄な抵抗〟と納得し、それ以上この話で突っかかるのはやめにした。

『今度こそ、クビになっていませんように——』

そのエネルギーがあるなら、祈っておこう。クビにならないためのスキルアップを図り、もっともっと現代医学を勉強、最新医学にも目を通し、自習していこうと、前向きなことを思ってみた。


しかし、さすがにそうと決めた伊万里も、それを今夜から実行しよう、早速勉強しようとは思わなかった。

「弾傷が、残るな。肌が白い分、目立つ——」

やろうとしたところで、できるはずもない。伊万里は夜になって、ようやく駿介と二人きりになると、寝巻き代わりの浴衣を開かれた。

かなり絞った照明の中で、その白い胸元を覗かれ、改めて駿介に傷跡を確認された。

「そんなことないよ。今はまだ術後、間もないから、そう見えるけど。そのうち気にならない程度にまで、落ち着くよ。だって、黒河先輩は切るのも合わせるのも、うちで一番上手い先生だし。こうして縫合までやってくれるケースなんて、超希少なんだから」

陶器のように白い肌には、駿介が肩を落としたように、はっきりとわかる弾傷が残っていた。

「そうなのか？　黒河先輩って、そんなに凄腕《すごうで》だったのか」

駿介は浴衣の合わせから利き手を差し込み、直に傷に触れると、会話のトーンとは別に、悲しげな目をした。

「ん。いつもあの調子だから、いかにもって感じはしないけどね。でも、みんな輸血輸血って、それを一番心配してたみたいだけど、それは黒河先生の執刀だったから。他に何も心配要《い》らないって思っていたからで、もしも俺が運ばれたのが他の病院だったら——多分、輸血以前の問題だったよ。俺、助かってなかったかもしれない。それぐらい、あとでカルテを確認したら、危険な怪我だった。撃たれどころが悪くて、危機一髪だったから」

「渉…」

「きっと、一瞬ぐらいは黒河先生にも、死神が見えたんじゃないかな？　俺を迎えに来た、黒い影が——。なのに、これだけの傷しか残ってないなんて、すごいでしょ」

伊万里は、駿介を元気づけようとしてか、自分がいかに幸運だったのかを話して聞かせた。

「すまない。俺のために」

「駿ちゃん？」

「俺のために、お前をこんな目に遭わせて。傷つけて」

しかし、駿介はすまなそうにするだけで、傷口を確かめた利き手さえ、胸元から引いてしまうだけだった。

「やだな。そんなつもりで、話したんじゃないよ。俺、すごく運がいいよねって。黒河先生って、すごいでしょって、そういうつもりで言っただけだから。謝ったりしないでよ」

　仕方のないことだが、駿介と伊万里では、怪我の度合いに対しての認識が違う。

　ここで言う幸運の意味も、きっと違う。

　だから伊万里はクスッと笑うと、胸元から離れた駿介の手を、そっと握り締めた。

「渉…っ」

　駿介の胸にもたれかかり、その手を再び胸元へと導いた。

「それに、こういうのを自己満足っていうんだろうけど。俺は駿ちゃんのことが守れて、嬉しいよ。駿ちゃんを自分の手で守ることができたことが、誇らしいよ」

　そうして緩くなった浴衣の合わせに差し込むと、伊万里は少しばかり乱れ始めた鼓動のする胸部を、駿介自身に確かめさせた。

「俺は、小さいころからずっと駿ちゃんや流一さんに守られてきたと思う。特に駿ちゃんは同級な分だけ、教室でも外でも守り続けてもらって。だから、一度でも自分が駿ちゃんのこと守れたのが、嬉しい。あのまま死んでも後悔はしなかった。それぐらい、自分が誇らしいんだ」

「渉」

「でも、それでも、こうやって生きてることの喜びに比べたら、すごく小さい喜びみたい」

　この音が喜びであると。

「駿ちゃんを、こうして抱きしめられることに比べたら、比べきれないほどの喜びみたい」

何より幸運の証《あかし》であると。

「生きてるって、嬉しいことだよね。尊い、ことだよね」

伊万里は自身の鼓動で駿介に伝えると、そのまま長い睫に縁取られた、双眸《そうぼう》を閉じた。

「だから、やっぱり助けてくれてありがとうって思う。俺を助けてくれた人みんなが、俺にとっては、最も誇らしい人たちなんだと思う。駿ちゃんも、そう思わない？」

暗黙のうちにキスして――――とねだるように、寄りかかった胸元に、頬ずりをした。

「そうだな。本当に、渉の言うとおりだな。結局、自己満足は自己満足であって、それだけじゃ自分しか幸せにできないよな。本当に大事な奴を、幸せにはしきれないよな」

そんな仕草の一つ一つが、たまらなく愛しい。

駿介は伊万里のこめかみに唇を落とすと、チュッと小さな音を立てた。

「でも、ってことは、本当の自己満足も味わってなかったってことだよな。自分の手で大事な奴を幸せにしてるんだっていう、一番の自己満足はさ」

「駿ちゃん…っ」

そしてその唇は、こめかみから、瞼へ。瞼から頬へ。ゆっくりと、優しく、滑り落ちていった。

「渉…。ごめんな。結局俺、勝手だった。自己満足で、お前のこと…苦しめてた。渉だけじゃない。兄貴のことも、家族のことも、孝利たちのことも。俺は、苦しめてた」

だが、そんな唇が唇へと落ちる前に、駿介は伊万里の身体を抱きすくめた。

「自分の手を汚すことで、傷つけたのは相手や自分だけじゃない。周りにいた奴ら、全員を傷つけた。最低だよな」

「駿ちゃん――――」

すべてが明らかになったからといって、許されることではない。むしろ、明らかになったからこそ、自分は許されないことをしたという思いが、駿介をこれまでにないほど、不安にさせている。

「それでも、お前は俺を好きだって。まだ好きだって、言ってくれるのか？」

だから、伊万里はそんな駿介の身体を、自らも抱きしめた。

「言うよ。俺は、駿ちゃんのことが好きだよ」

背中を包む浴衣を握り締めながら、華奢な腕で、力の限り抱きしめた。

「でも、それって、俺だけじゃなかったでしょ。俺だけじゃなかったことが、孝利くんとか、キャプテンとかもそうだったってことが、駿ちゃんにもわかったでしょ」

そうして、駿介にとっては救いになる、救いになったはずの仲間たちからの言葉を、思い出してと告げてみる。

〝駿介――――、テメェ、馬鹿野郎!!　どうして、どうしてもっと早く、連絡してこなかったんだよ。こんなことになるまで、知らん顔だったんだよ!!〟

〝キャプテン〟

伊万里が銃弾に倒れたあの夜、駿介からの一報に、当時のキャプテンは駆けつけるなり、駿介の胸倉を摑んだ。

〝なんで俺たちのところに、戻ってこなかった？　別に、学校になんか戻ってこなくても、いいよ。東都になんか、戻らなくてもいい。けど、どうして渉や俺たちのところに、帰ってこなかったんだよ。檻から出たまま、消えちまったんだよ!!〟

罵声と共に拳を振り下ろすと、その後はよろけた駿介に抱きつき、悲憤の声を上げた。

〝誰も、お前から何かを聞こうなんて、思ってなかった。その必要もないと思ってた。だって、お前が全部を捨てて、取った行動だ。甲子園も、渉も、家族も、何もかもを捨てて起こした行動だ。それが、ただの衝動なんかであるはずがない。それだけのわけがあった。口にできないほどのわけがあったってことぐらいは、みんな感じてたんだからよ!!〟

駿介と同じほど大柄な彼が、男泣きに震えたことは、甲子園を勝ち取ったときでさえ、なかったことだった。二度のベスト4に膝を折ったときでさえ、彼は一度として、人前では涙をこぼさない男だった。しかし、このときばかりは、抑えが利かなかった。

駿介のことに関してだけは、どうにも自分をセーブできなかったようで――――。駿介にしがみつくと、その場で号泣してしまった。

〝結局お前は、俺たちを見くびりすぎなんだよ〟

〝サブ、キャプテン〟

だが、そんな仲間はキャプテンだけではなかった。

〝俺たちは、お前がどんなことしたって、怖いなんて思わねぇよ。どんな肩書きがついたところで、それが厄介だとも思わねぇよ〟

奥歯を噛みながらも、やっと面と向かって言えた。胸に抱えたまま卒業してしまったものが吐き出せた。そう感じていたものは、その場に駆けつけた者全員だった。

〝お前は、俺たちにとっては、背番号一のエース。ただ、それだけなんだから〟

一緒に甲子園行きを勝ち取った全員。当時のクラスメイト全員が、一目でも駿介に会おう、会って、信じてもらえなかった悔しさをぶつけようと、東都医大へと集っていた。

「みんなね、結局甲子園に行けなかったことより、駿ちゃんを追い詰めた何かのほうにばかり気をとられて、後悔してたんだよ。理由がわからないから、駿ちゃんに最後まで言ってもらえなかったから、勝手にいろんな憶測して。それで…自分たちが駿ちゃんにいろんなものを背負わせすぎたのかもしれないとか、そういうことまで考えて」

そんな話をあとから聞くと、伊万里はどれほど当時の駿介が、大きな存在だったのかを、改めて知った。

「みんな、駿ちゃんのことが好きだったから。信じてたから。だから、駿ちゃんが帰ってくるのを待ってた。卒業してみんなバラバラになっても、ずっと連絡が来るのを待ってたんだよ」

自分にとってだけではない。周りの人間にとっても、駿介は太陽のような存在だった。

「――――俺がね、俺のことが原因だったんじゃ？　って、これまで考えもつかなかったのは、そういう孝利くんやキャプテンとかを見ていたせいもあるんだ。こんなに駿ちゃんのこと好きな人がいっぱいいるのに、駿ちゃんがたった一人の俺のために、俺だけのために、そこまでしてしまうって…、考えられなかったから」

どんなときでも眩しいぐらいに輝いて、背負った責任を果たすためには、常にグラウンドで練習をしていて。特別に何をどうこう言うタイプではなかったが、駿介は自身の行動で、常に周囲の者を元気づけていた。

「それに、それと同じぐらい、俺は駿ちゃんの一大事に意識を持っていくことで、自分にふりかかっていた事実を、うやむやにしたかった。きっと駿ちゃんのことばっかりを心配することで、自分のことは忘れたかった。だから、ちょっと想像すれば、こんなにわかりやすい理由があったにもかかわらず、気付けなかったんだ。気付こうと、していなかったんだ」

太陽が昇るたびに明るく照らしてくれるように、駿介はたった四ヶ月もあるかないかの在学中に、その存在を周囲の胸に焼きつけていたのだ。

「駿ちゃん。ごめんね。俺のために、ごめんね」

伊万里はそれを思うと、本当に自分がすべてを壊すきっかけをつくってしまったと感じた。

「約束も守れなくて、ごめんね」

駿介は、伊万里が一人になることを心配したのだから、それを素直に聞いていればよかったのだ。変にムキにならずに駿介の両親に付き添いを頼み、行動を共にしてさえいれば、あんなことも起こらなかったのだ。

「俺が不甲斐《ふがい》なかったから、自分で自分ひとりも守りきれなかったから。そのせいで汚れちゃって。駿ちゃんのことまで苦しめて、ごめんね」

言ったところで、始まらない。悔いたところで、過ぎた時間は戻らない。

だから、生きることは難しい。喜ばしいほど、一瞬一瞬が難しい。

「馬鹿言え。お前ぐらい、俺のために、俺だけのために、綺麗でいてくれた奴なんかいねぇよ。自分を守ろうとしてくれた奴なんか、いねぇって」

けれど、それでもこうして生きてさえいれば、できた歪みは正される。

「伊万里渉ほど、真っ白で綺麗な奴はいない。俺に自分の純潔を、自分の命を捧《ささ》げてくれた奴はいない。なのに俺は、お前をほったらかして。自分で一生傍にいろって言ったくせして、十年以上も、ほったらかして」

ただ、だからこそ、今からではどうすることもできはしない流一への思いと関係だけが、駿介の気持ちを追い詰める。

「俺の代わりに、守ってくれてた。お前のこと、ずっと傍にいて守ってくれてた兄貴との関係まで、勘違いして。誤解して。んと、とことん最悪だよな」

「駿ちゃん――――」

「お前にも、兄貴にも、詫びのしようがねぇよ。翔子さんにも、詫びのしようがねぇよ。こればっかりは、一生許されねぇよ」

生死の隔てが、取り戻せないときを生み出してしまう。

「そんなことないよ。流一さんは、きっと誤解が解けて、喜んでるよ。翔子さんだって、やっと駿ちゃんがわかってくれたって知ったら、ホッとするよ。ただ、それだけだよ」

けれど、伊万里は駿介を抱きしめながら、自分なりに言い諭す。

「だって、流一さんは駿ちゃんのお兄さんだから。翔子さんは、そういう流一さんが、選んだ奥さんだから。だから、もう…そんなこと言わないで。思わないで」

流一はそれでも駿介を愛していた。

翔子もそんな流一を支えながら、ずっと同じ気持ちを貫いてきた。

だから、二人は最後に互いを選んだ。

永遠に別れなければならないときが間近に見えたからこそ、その絆《きずな》を再確認した。

「もう、許すとか、許さないとかは、終わりにして」

伊万里は、人目を盗んで、流一の遺体に口付けていた翔子の姿だけは、生涯忘れないと思った。

「俺も、もう…振り返らないから。これからは、駿ちゃんと未来のことしか見ないから」

こんな綺麗で切ないシーンは、何を忘れることがあっても、決して忘れることはないと思った。

「だから、ね。駿ちゃん。駿ちゃんも、俺のことだけ、見て」

けれど、それほどの思いを伊万里だって、駿介に持っていると感じていた。

「俺との未来のことだけ、見て。そして、愛して」

途中でいっとき、目を伏せてしまったことはあったが、それでも変わらず抱き続けていたとは、誰にでも胸を張って言えると思っていた。

「渉――」

伊万里は、抱きしめた駿介の顔を見上げると、自ら唇を合わせていった。

「駿ちゃん、大好き」

腰掛けていたベッドに駿介をそっと押して倒すと、抑えきれなくなった激情のままに、浴衣の前を開いて、現れた逞しい胸元にも、次々と唇を落とした。

「渉っ…」

「ずっと、ずっと…駿ちゃんだけが好きだったよ」

そうして駿介の身体を跨ぐと、伊万里は浴衣の隙間から覗く肌に、熱っぽい溜息を吹きつけた。自分の下肢を突くように、勃起上《たち》がり始めた駿介の熱棒に、思いきって利き手も差し向けた。

「馬鹿、何いきなり、無理してんだよ。いいって、そんなことしなくても」

浴衣を割って忍び込んだ手を掴むと、駿介は伊万里の手を自分のペニスから引き離した。

「っ、どうして?」

あどけない顔で首を傾《かし》げる伊万里に、駿介は腹筋に力を入れて、身体を起こした。

「お前には、似合わねぇよ」

そう言いながらも、駿介は湧き起こる欲情を、どうしてくれようと思った。

「それって、どうせ下手なんだから、しなくていいって、遠まわしに言ってる?」

理性どころか、本能さえも狂わせる。

白い肌を桜色に染めた恋人を、どうしてくれようかと感じた。

「そういう意味じゃねぇって。お前にそんなことされたら、もたねぇからさ」

本気で抱いたら壊れてしまう。けれど、壊れるほど抱いてみたい。壊れるまで、抱いてみたいという男の欲望は、駿介の中で膨れ上がる一方だ。

「――もたない？」

「男の沽券《こけん》だよ」

「え？」

しかし、今夜は。今夜だけはそんな激情さえ抑え込んで、駿介は伊万里を抱きしめると、そのままベッドの中央に横たえた。

「ほら、もういいから、お前は寝てろ。俺が全部してやるから、今夜は黙って感じてろ」

浴衣の帯を引き抜くと、開かれた浴衣の合わせから現れた白い肌に、壊れものを扱うような愛撫を施していった。

「ぁんっ、でも――っ」

ピクンと尖った桜色の実に舌が絡むと、伊万里は肉体の中から湧き起こる悦びから、白い身体をくねらせた。

「優しいセックスじゃなきゃ、嫌なんだろう？」

「!?」

駿介の言葉に引っかかりを覚えながらも、見かけにそぐわぬやわらかな愛撫に、自分のすべてをさらけ出していった。

「見舞いに行って、黒河先輩とかち合うたびに、嫌味を言われたよ。いつでも治療はしてやるから、これからも渉のケツをいたぶってやれよって」

しかし、これだけは腹が立ったと口にした駿介の言葉に身体を引きつらせると、伊万里は院外セクハラで黒河を告発したくなった。

「————っっ!!」

何もあれを駿介にばらすことはないのに。しかも、揚げ足を取るようなことまで言わなくてもいいのにと、思わず摑んだ布団に爪を立てた。

『黒河先生のエッチっ————んっ』

そんなことを思っていると、駿介は一度身体を起こして、自分の浴衣の帯を解いた。

「だから、目いっぱいサービスしてやる」

「っ、駿ちゃん…っ」

裸体の上に着ていたそれをベッドの下へと脱ぎ捨てると、全身の肌を合わせるように、伊万里の身体に覆いかぶさった。

「二度と傷つけないように。気持ちいいしか言えないように。そういうセックスをしてやる」

一回り以上も違う漢の肉体に覆い尽くされ、伊万里はそれだけで感じてしまった。

「あっ、ん…っ、駿ちゃんっ。駿…っちゃん」

特に何をしているわけではない。まだ肌と肌を合わせてキスをしているだけなのに、身体は悦び、ペニスは快感を表し始めた。が、伊万里はそんな興奮を示すように駿介に抱きつくと、肩越しからその背にある、紅蓮の炎のような美しくも雄々しい鳳凰が、一瞬目に留まって、ピクリとした。

「っ…っ」

照明の絞られた部屋だからこそ、その色合いは深みが増して見えた。そしてそんな視覚からの刺激は、何かこれまでになく伊万里をゾクリとさせて、その手を駿介の背へと回させた。

「怖いか？　やっぱり、怖いよな。普通に組みしかれたって、怖いだろうに。こんな刺青持ちじゃあ、なおさらだよな」

この背もこの鳳凰も俺のもの――――。伊万里の中に、覚えのない欲望が芽生えた。

「ううん。平気。もう…大丈夫。これが今の駿ちゃんって、俺の駿ちゃんなんだって思えば、怖さも快感に変わる気がするから。全部大好きって、感じると思えるから」

伊万里は湧き起こるそれに従うように駿介の背を撫でつけると、その頬や首筋にもキスをし、駿介を求めて、身体の位置を再び入れ替えた。

「――――渉？」

「やっぱり、させて。大好きだから、俺からも…させて」

そうして身体を駿介の下肢へとずらすと、伊万里は薄暗い部屋の中で、駿介のペニスを探りとった。

「やり方なんて、よくわからないけど。でも、愛したいから…させて」

恐る恐る握り締めると、すでにいきり立った男根に口付け、淡い桜色の唇の中へと、含み込んでいった。

「っ、ん…渉」

駿介の身体を、驚きと快感が交差する。

「駿ちゃん…っ、好き…っ」

けれど、快感が驚きを上回るのに、そう時間はかからない。

「んん、どうしていいのかわからないほど、大好き」

駿介は、必死にペニスを含む伊万里がただ愛しくて、その髪を撫でつけながら、より深いところに自身を押し込んでいった。

「渉…っ」

「んぐんっ。駿ちゃん。駿ちゃ…ん――」

口内を犯される悦びの声さえ漏らす伊万里に、駿介も欲情が堪えきれなくなる。

「もういい、来い」

伊万里の腕を取って引き寄せ、熱くなりすぎたペニスの上へと、膝立ちの形で跨がせる。

「あんっ」

そうして自らペニスをしごき上げて、伊万里の陰部に白濁を飛ばすと、駿介はそのまま伊万里の後孔にそれを塗りつけ、濡れた指先で中を探った。

「駿ちゃんっ…んっ」

「いいか?」

「――んっ」

窄《すぼ》みの中に白濁を塗りこめる。

それだけで身体を揺らす伊万里にほくそ笑むと、

「このまま俺を飲み込め、渉」

駿介は、一度放ったぐらいでは、事足りない、静まることのない欲望の上に小さな窄みを引き寄せて、伊万里に腰を落とさせた。

「駿ちゃん…っ、ぁ!!」

身体の上で蠢く艶《なまめ》かしい伊万里を見上げ、欲しいがままに中へと突き入った。

「渉っ…、渉」

「駿ちゃん」

あれほど恐怖を伴った行為が、いつの間にか快感だけになっていた。

もっとも最愛の者の傍にいる。一つになれる。そういう心からの行為になっていた。

『駿ちゃん…。大好き――――』

その夜、伊万里は駿介が求めるままに、抱かれて愉悦に堕ちていった。

また、自分が求めるままに駿介を求め、駿介をも同じ愉悦に堕としていった。

しかし、そんな一夜が明けるのは、二人にとっては瞬く間だった。

「渉…っ」

「だめっ。そこ、くすぐったい」

伊万里は、駿介の悪戯に身を捩ると、幸せすぎてどうにかなってしまいそうだった。

「それは、感じてるってことだろう?」

「――――ん」

恥じらいながらもコクリと頷く。だが、そんな余韻を楽しみ続ける間もなく、携帯の着信音が鳴り響いたのは、窓の外が明るくなってきたころだった。

「え、あの音。病院からの連絡だ。行かなきゃ」

伊万里はそれが病院からのもの。それも、入院病棟からの緊急連絡用にセッティングした特別なメロディだと気付くと、駿介の腕を抜け出した。

「渉!?」

「ごめんっ、駿ちゃん。俺、すぐに病院に行かなきゃ。容態が急変した入院患者さんが出たんだ」

ベッドから下りると、出る前に切れてしまった携帯に、余計な危機感を煽られた。

「行かなきゃって。お前のほうが、昨日出てきたばっかりじゃねぇかよ」

「でも、今日から出勤するって言ってあるんだ。それができるぐらい、実は普通より長く入院もしてたから――――。だから、やっぱり行かなきゃ。俺、患者さんが心配だからさ」

慌てて服を手にすると、唖然としている駿介を尻目に、着替え始めてしまった。

『マジかよ』

その後ろ姿に、駿介は頬肉が引きつった。

「あ、駿ちゃん。ごめんついでに、病院まで送ってってって言ったら怒る？　車、出してくれる？　タクシー呼ぶ時間が、惜しいんだけど」

だが、すっかり着替え終えて準備万端整えると、伊万里は駿介のほうを振り返った。

「っ…っ、わかった。なら、今着替える」

「ありがとう。助かるよ!! じゃあ、着替えて」

お願い口調でありながらも、決して「嫌」とは言わせない眼差しで、駿介をベッドから起き上がらせた。

『マジ…らしいな。やれやれ』

しかし、伊万里を預けられた文弥たちの大変さを、駿介が知ったのはこのときで…。

「駿ちゃん、遅い!! 行ってくれるなら、早く支度してよ!! 俺、本当に急いでるんだよ」

伊万里は、のそのそと着替え始めた駿介の衣類を奪うと、無理やり頭からかぶせようとした。

「わかった!! わかったから、勝手に着せるなよ。すぐに着るから」

「もう、なら、これだけ穿いてくれれば、それでいいよ。どうせ、運転だけだし。だから、早く車出してってば!!」

自分の手を払った駿介にキレると、そもそも一分一秒への体感が違うのか、伊万里は駿介にズボンだけを押しつけ、それだけを着て「運転手をやって」と、すごい命令もした。

「あっ、渉っ!! わかったから、引っ張るなって!! ズボンが、脱げるっっっ」

命じたあとには、本当に実行させた。

『っ、二代目…』

『駿介さん』

こうなると、ある意味、新婚初夜とも呼べる一夜の結末にしては、悲惨の一言だった。

『やっぱ、渉さんの天下になりそうっすよね〜』

『こんな予感はしてました。けっこう、初めからしてました』

『だよな――――』

一晩中廊下で様子を窺っていた寳月や文弥たちは、あまりに全員が似たような予想を立てたことから、賭けにもならなかった成り行きに、わかってはいたが、ガックリと肩を落とした。

『石の奴が、倒れたときから』

〃それはだめ!! 勝手に判断して、適当なことしないで!!〃

『俺ら全員が、勇ましく可愛い罵声を、浴びたときから――――ね』

それでも自然に笑みがこぼれる。

顔を見合わせた漢たちは、二人が消えると、〃付き添いもなしに出かけさせてしまった〃失態に気付くより先に、腹を抱えて笑い合ってしまった。


とはいえ、二人が病院に車で乗りつけると、職員用の通用口で待ち構えていたのは、板チョコを齧《かじ》っていた黒河だった。

「えっ!? なんでもない? たんに、新居からここまで、どれぐらいで来られるのか、ちょっと試してみただけって――――、黒河先生っ!!」

「いや、色ボケして、使いものにならなくなってる心配もあったからな。ある種の親心だ。でもま、この時間で駆けつけられれば、合格だ。専属のタクシーも持ってるみたいだし、今のところケツも無事なようだから、安心した。もう、帰っていいぞ」

しかも、ストップウォッチまで手にして、言いたいことだけを言うと、笑って背中を向けた。

「ええっ!?　帰っていいって…、黒河先生っ」

伊万里は素直に混乱した。

「んの、野郎っっっ。わざとらしいんだよ!!　何が心配だ、色ボケだ。単に新婚初夜の妨害に出ただけだろう!!　自分が夜勤で暇なもんだから、それで悪戯したんだろうがよ!!」

だが、ズボン一枚の姿で運転手をさせられた駿介は、電光石火の速さでキレた。

「駿ちゃん、何てこと言うの!!」

「あ、バレたか」

なのに、こういうときに限って、黒河も煽る。

「黒河先生!!」

伊万里は今にも殴りかかろうとしている駿介を押さえながらも、胸中では空に向かって流一に助けを求めたい気分だった。

「しっ、清水谷先生!!　浅香先生!!　そこにいるなら、この人たちを、どうにかしてくださいっ」

が、やはり求めるなら、すぐに使える人材という精神はあからさまで、伊万里は頭を抱える二人の先輩に救いを求めると、逆に失笑されてしまった。

エピローグ

駿介を交えて、家族で流一の墓を訪ねたのは、それから数日後のことだった。

『兄貴、ごめんな。こんな弟で、本当に、ごめんな――』

『駿ちゃん…』

思い出の学び舎を眺められるような小高い丘の上に、流一の眠る霊園墓地はあった。

「あ…れ？　翔子さん？　そのお腹《なか》は、まさか？」

だが、そんな一つの儀式が終わると、伊万里は翔子の変化に気付いた。

春物のコートに隠され、はじめはわからなかったが。微かに膨らむ下腹部にハッとすると、翔子に懐妊の有無を問いかけた。

「そう。流一の忘れ形見。実は、できてたみたい。けっこう、最後のほうは生活がハードだったから、自分じゃただの体調不良だと思ってたんだけど…。流一、私の中にちゃんと大切なもの、残していってくれてたみたい」

するとい翔子からは、その場にいた全員が笑みを浮かべるような、感動の答えが返された。

「私に生きがいを、残していってくれたみたい」

誰より翔子を笑顔にした、報告がなされた。

「――――、おめでとうございます。あ、でもそうしたら、大事にしなきゃ。ヒールなんか、履いちゃだめですよ。絶対に無理は禁物ですよ」

伊万里は、顔を真っ赤にすると、ただ嬉しくて、はしゃぎたてた。

「はいはい。気をつけます」

その後、翔子たちと別れて、駿介と二人きりになっても、そのテンションは一向に下がらなかった。

「それにしても、流一さんと翔子さんの子か。女の子でも、男の子でも、可愛くて、頭いいんだろうね」

「どっちにしても、美男美女に、偏差値マックスのカップルだからな。でも、こうなると、形だけでも、籍を抜いといてよかったぜ」

しかし、それは駿介の苦笑と、意味深な言葉に待ったをかけられた。

「え!?」

「生まれてくる子に、俺みたいな身内がいるのは、枷になるだろう。俺が朱雀駿介のままだったら、今よりもっと枷になってただろう」

「駿ちゃん」

忘れていたわけではないが、幸せすぎて見えなくなっていた現実によって、歯止めがかけられた。

「罪を犯すっていう意味が、いやってほどわかったよ。あのとき兄貴がキレた意味が、俺を責めた意味が。今こそ本当に…」

「――――…っ」

伊万里は顔を伏せた駿介に、チクンと胸が痛んだ。

『駿ちゃん』

ただ、この胸の痛みは、一生消えない。消してしまっていいものでもないと思うと、伊万里は駿介の手に手を伸ばして、握り締めた。

「駿ちゃん、それより、こっち来て」

「あ？　なんだよ、急に」

そして、あの日のように。最初に約束を交わした初夏の日のように、伊万里は駿介の手を引くと、霊園から学園内へと引っ張り、西の聖堂へと再び足を踏み入れた。

「ねぇ、好きって言って。約束どおり、ここで言って」

五連窓のステンドグラスからは、今日も暖かな日差しが、降り注いでいた。

「――――っ、しょうがねぇな。好きだ、渉。お前が、好きだ。これで、いいのか？」

「いや。もっと、ちゃんと言って」

十字架に掲げられたキリストの像は、今日も堂々たる反逆者を見守りながら、暖かな日差しを共に受けていた。

「好きだ、渉。俺には、お前が必要だ。伊万里渉だけが必要だ。何があっても、離さねぇ。一生離さねぇ。だから、ずっと傍にいろ」

駿介は、照れくさそうにしながらも、あの日交わした約束を果たしてくれた。

「俺も。俺も、駿ちゃんが好き。駿介が、好き」

「っ!?」

伊万里もまた、ずっと果たしきれずにいた約束を、過去とは違う形で、果たしていた。

「だから。これから何があっても、俺を駿介の傍に置いて」

そうして祭壇の前に立つ駿介に歩み寄ると、思いきり背伸びをして、その唇に口付けた。

「ずっと、俺の傍から、離れないでいて」

愛を誓って、口付けた。

「約束——だからね」

今度はホッペではなく、駿介の唇に——。

おしまい♡

あとがき

こんにちは、日向《ひゅうが》です。このたびは本書をお手にしていただき、誠にありがとうございました。本書は一冊でも関連作を含めたシリーズとしても読めるというものになっておりますが、いかがでしたか？　真っ先に「だから、誰が主役だったのよ!!」という声が聞こえてきそうですが（もちろん、駿介《しゅんすけ》と伊万里《いまり》ですよ／笑）、ご意見・ご感想は最高のエネルギー。と同時に、シリーズ存続の命綱でございますので、よろしければお聞かせください。またそのさい、80円切手付きの返信用封筒を入れていただければ、あれこれと情報や設定秘話などが載った「Drシリーズ専用ペーパー」にて、お返事をさせていただきます。特に締め切りは設けませんが、本書の発刊から一、二カ月後を目処《めど》にしていただけると大変嬉しいです。（次回作を練るのにとても参考になりますので♡）なので、こちらは編集部経由にて、どうぞよろしくお願いいたします。

あ、あとこれだけは書かねば!!　以前「Bitter・Sweet―白衣の禁令―」という本にて、「日向唯稀《ゆき》になって二十歳になりました」と書きましたら、本当に二十歳だと思い込まれた方が多数いらっしゃいまして、「ストーリーの割に、ずいぶんお若い方だったんですね」というお手紙をいただき、悲鳴を上げました。きゃー、ありえませんから!! あれは「この名前で小説を書き始めてから二十年に…」という意味ですので、どうかお察しくださいませ。ぶっちゃけ黒河《くろかわ》より年上ですから、ここは誤解なく(笑)。

さて、ここからは私用コメントです。水貴《みずき》先生、今回もありがとうございました。白衣も素敵ですが、刺青《いれずみ》も素敵ですねー!! 新たに萌えツボを発見いたしましたよ♡ ふふふ♪ いろいろとご苦労はおかけしていると思いますが、次回もどうぞよろしくお願いいたします。そして担当様にも感謝・感謝♡ 表紙の特色刷りに萌えて、毎回のたうち回っている日向です。が、次回の主役はそろそろ黒河×朱音《あかね》ちゃんでいいでしょうか!? またイロイロとご相談に乗ってくださいね(笑)。

それでは、またお会いできることを祈りつつ――。

日向唯稀♡

http://www.h2.dion.ne.jp/~yuki-h/

シリーズ4作目。また東都の方たちを描く事ができて小踊りしてる水貴デス。
今回、イレズミ初挑戦で参考資料をウキウキ購入
その中にモチーフの持つ意味を解説していたんですが…トラ→力・勇気・怒り
鳳凰→聖徳・不死・平和 だそうで!! 駿介の"トラの眼をえぐる鳳凰"の図の
意味を深読みして萌えさせて頂きました(笑) 勝手にすみません〃
日向先生、ごちそうさまでした&ありがとうございました〃 担当さま、手伝って下さった
皆さま大感謝です〃 お世話になりました〜。また次回お会いできますように♥
水貴はすの〃

CROSS NOVELSをお買い上げいただき
ありがとうございます。
この本を読んだご意見・ご感想をお寄せください。
〒110-8625
東京都台東区東上野4-8-1　笠倉出版社
CROSS NOVELS 編集部
「日向唯稀先生」係／「水貴はすの先生」係

CROSS NOVELS

MARIA -白衣の純潔-

著者
日向唯稀

2007年5月24日　初版発行　検印廃止

発行者　笠倉伸夫
発行所　株式会社　笠倉出版社
〒110-8625　東京都台東区東上野4-8-1　笠倉ビル
［営業］TEL　03-3847-1155
FAX　03-3847-1154
［編集］TEL　03-5828-1234
FAX　03-5828-8666
http://www.kasakura.co.jp/
振替口座　00130-9-75686
印刷　株式会社　光邦
装丁　K.WATANABE
ISBN 978-4-7730-0348-2
Printed in japan